寻找仓央嘉措

Look For Sixth Dailai Lama Tsangyang Gyatso

译诗/摄影/诗文 廖伟棠

上海文艺出版社

图书在版编目（CIP）数据

寻找仓央嘉措/廖伟棠著.-上海：上海文艺出版社.2014.7
ISBN 978-7-5321-5351-0
Ⅰ.①寻… Ⅱ.①廖… Ⅲ.①仓央嘉措(1683∽1706)-生平事迹
②古典诗歌-诗集-中国-清代 Ⅳ.①B949.92 ②I222.749
中国版本图书馆CIP数据核字（2014）第131617号

责任编辑：胡远行
封面设计：朱云雁
内页设计：朱云雁

寻找仓央嘉措
廖伟棠 著
上海世纪出版集团
上海文艺出版社 出版
200020 上海绍兴路74号
上海世纪出版股份有限公司发行中心发行
200001 上海福建中路193号 www.ewen.cc
上海文艺大一印刷有限公司印刷
开本787×1092 1/32 印张6.5 插页4 字数130,000
2014年7月第1版 2014年7月第1次印刷
ISBN 978-7-5321-5351-0/I·4249 定价：40.00元

告读者 如发现本书有质量问题请与印刷厂质量科联系
T：021-57780459

鸣谢　广州方所文化发展有限公司对采访、创作的赞助

目录

001 仓央嘉措的源头与反哺(代序)

007 仓央嘉措诗选

071 诗人仓央嘉措

079 寻访笔记
　　仓央嘉措的回声
　　仓央嘉措的两个节点
　　错那的爱

139 小说 雪匪谣

161 诗歌 另一个
　　迷失菩提谣
　　另一个仓央嘉措(组诗)

189 魂摄后记

197 附录 六世达赖仓央嘉措年谱

仓央嘉措的源头与反哺(代序)

本土文学不是一个固定的盆景,它不是一个不变的目标也不是已经经典化的根,它的价值在于它的生长性,在生长中扩大自己的内涵,甚至反馈价值观给予主流母系,它们共同组成的文学应该是一座种类繁多的森林,而不是一棵庞大的巨树。

所谓边地对内地的反哺,西藏诗人、六世达赖喇嘛仓央嘉措就是一个好例子。仓央嘉措出生于西藏偏远南部的门隅地区,他从小聆听的门巴歌谣对日后他的诗歌影响很大,而门巴民谣对拉萨、藏北、藏西的鲁、谐甚至宗教道歌的反哺就经由他的情歌完成,并且影响日后的藏语诗歌创作,甚至九十年代汉语诗人如海子、马骅等亦间接受到影响。海子也成为一个重要的中间人,他的影响力导致九十年代开始写作的许多内地诗人因此受到了西南、西北民谣和意象的影响。这一圈圈的波澜式共鸣,原来就起于最初岸边的碰撞。

仓央嘉措是西藏抒情诗歌真正的集大成者。门巴人善歌,小时候他听周围门巴人唱的门巴酒歌、情歌,与他身处的自然环境相和谐,共鸣于一颗童心;门巴酒歌浓酽热烈、情歌婉转顾盼,恰如门隅地区的山谷气候里雨雾雪交杂、动植物繁盛——而日后这些南方的动植物也出现在仓央嘉措的诗里。

少年时代他仍然在门隅北部错那宗的甘巴子寺学习,据记载,当时西藏的摄政第斯桑结嘉措从拉萨派来多位高僧指导少年仓央嘉措熟习经典,其中包括印度诗学经典《诗镜》(Kāvyādarsa)。据百科全书,《诗镜》为印度七世纪诗人檀丁所作。全书是诗体,论述文学的体裁分类和风格派别。第一篇论述文学的分类、风格和诗德,第二篇论述"义庄严",第三篇论述"音庄严"和诗病。檀丁偏爱维达巴风格,风格由诗德决定,构成维达巴风格的10种诗德是:紧密、显豁、同一、甜蜜、柔和、易解、高尚、壮丽、美好和暗喻。《诗镜》很早有藏文译本,对西藏文学影响很大,我们可以看到,这10种诗德多少都存在于仓央嘉措的抒情诗里,尤其是甜蜜、柔和、暗喻,熟悉门巴民谣的仓央嘉措肯定触类旁通。

可见仓央嘉措是同时受俗雅两种文学传统滋养的。来到拉萨之后,他依然雅俗并蓄。首先他可以在布达拉宫这个大图书馆里接触到各门派的经典,我想其中必然包括高雅的噶举派米拉日巴大师的道歌,以及雅俗共赏的诗人萨班·贡噶坚参的《萨伽格言》。前者启示了他如何把宗教哲思化为抒情文字,后者鲜活的民间比喻和民间智慧在仓央嘉措笔下更加变化多姿。另外,在五世达赖喇嘛阿旺罗桑嘉措的经营下,当时的拉萨已经成为一个颇有城市感的文化中心,来自大藏区各地的流浪艺人云集于此,市井的流行歌谣大行其道,甚至被仓央嘉措引进走到布达拉宫下龙王湖宗角禄康里载歌载舞,这些流行

的民谣浓烈的世俗气息和鲜明的意象,应该对仓央嘉措也有影响。

因此即使仓央嘉措创作的是道歌,也是世俗意味最强的道歌,而恰恰是这种罕见的世俗意味,使他的诗在诗歌意义上稳稳地站立了起来。文以载道,但当文与道的力量均衡甚至反超后者,就是文获得独立的时候。

三十年代于道泉和后来曾缄的译本,因为并不精通藏传佛教的许多隐喻,把仓央嘉措的世俗性一面更加强调无遗,这样反而造成了仓央嘉措的诗歌获得一种普遍性而在汉族知识分子和文学爱好者中得以流传,但当时汉语白话新诗正在摸索阶段,戮力于学习西方最前卫的诗歌,尚无暇返顾自身及邻近民族传统,因此没有看到受仓央嘉措影响的诗人。

但是仓央嘉措一直以潜流的方式继续被翻译被流传,在二十一世纪仓央嘉措热潮之前,就遇到了两个优秀的知音,那就是我前面提到的海子和马骅。海子1986、1988年两次进藏,在西藏爱过、写过重要的诗、也绝望过,第二次进藏还背回了两尊佛像,这两尊佛像后来一直放在昌平的房子陪伴他的写作。海子在拉萨与当地汉藏文人都有往来(据说还爱上了一位比自己大十岁的女诗人),后来又对藏传佛教发生过兴趣,因此我推断他肯定看过仓央嘉措的诗。仓央嘉措的诗中那些明亮与黑暗相交织的民谣特质,与海子中晚期的诗歌定有共鸣。

马骅的晚期诗歌中,藏族民谣和仓央嘉措的影响就更加鲜明,尤其是他在云南的力作《雪山短歌》。马骅的学习不囿于民歌体的单纯,他更学到了仓央嘉措的克制与比兴技巧,像

《山雨二》：

> 楼前的山在雨里一点点消融，带着满身的树木和野花。
> 山下的草却愈发光亮、挺拔
> 让心不在焉的年轻人一下子滑进雨水深处。
> 油亮的老核桃树也弯腰，第一次亲近身边初次开花的
> 孟浪的火石榴。

来自切身的观察，迹近于天籁，又不失神秘。我称之为"仓央嘉措遇上了Gary Snyder"，诗文与马骅看到的世界一样，处处皆是惊喜、赞叹，而这种对世界的惊喜、赞叹也存在于仓央嘉措的诗歌中。

至于近几年，仓央嘉措诗歌的最大受益人，乃是民谣歌手宋雨喆和他的老友我。我们继承的遗产，分别呈现在宋雨喆的《断歌集》及其大忘杠乐队的专辑《荒腔走板》、和我这本翻译加创作集《寻找仓央嘉措》里。寻找仓央嘉措计划，宋雨喆也是参与者，两个人聚首西藏，找到了三千六百个仓央嘉措。

仓央嘉措诗选

汉译：廖伟棠（据Coleman Barks及于道泉、泰霖英译为蓝本）

这少年狡计偷取
真理的供果

从他的帽子后面垂下
一条猪尾巴摇摆婆娑

即使星宿也能被计量
它们的森列与回响

她的肉体你能含情触摸
但不能触掂她深处的欲望

套索能网罗
漫山逃逸的野马

但没有东西,就算咒语
也不能追回那野了的

不再相爱的情人的心

船头马首虚无
犹转身向我

船上情人负心
弃我不肯回顾

我树起一株经幡
为我的爱人默祷

你浪荡林中的强人
不要把它一脚踢倒

墨水抄写的情歌

被雨一洗就无

但爱情本身

——那些不能

被写下的,如雨水长留

在雨水之中

满枝蜀葵绽放
似送上祭坛的祭品

"求求你"年轻的
绿松石蜂儿乞求,
"带上我同行!"

如果我的爱人放弃一切
去学习修行
我也会找寻圣洁的路径

我会隐匿、伏藏
并忘记我曾年少轻狂

我一心一意聆听
我的上师教诲
却意马心猿

我的灵魂已经溜出
密修的僧房
去与你的灵魂会面

冥想上师的面容
面面相觑,并不分明

但你的脸浮现,一笑
再一笑,从来不含混

你的牡马在湿滑冰面上小跑
跃过深冻浅冻的湖水

当你转身步向新欢的美艳
可要小心你的神秘双腿
不要分岔滑倒!

拉萨的人熙熙攘攘
琼结的人在当中最漂亮

她就生活在琼结的深山
她是我时刻渴慕的情人

门前的老狗
你有比人类
更加微妙的灵魂

请不要告诉这些愚人
我怎样在傍晚偷离
清晨才回到他们中间

不管入夜雪意渐深
我自去会我的情人

早上我已藏不住秘密
谁都看见雪上鸿爪分明

情人待在我床上
送给我她溢蜜沉香的肉体

除了我的黄缎僧衣
你还会从我身上取走什么回礼?

白鹤

借给我你的长翼

我不会飞得太远

我只是去去理塘

像你投下你的影子

欻忽便回来

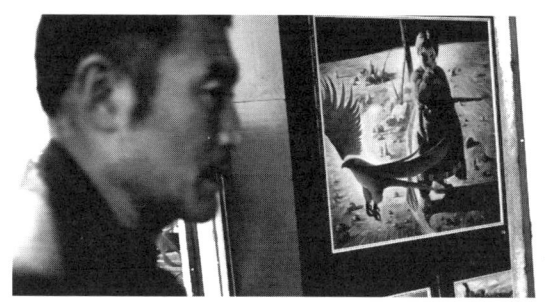 

柳树爱着麻雀
麻雀藏身柳丝

若是柳丝文风不动
苍鹰怎能引麻雀出来?

魔鬼在我背上放一丛荆棘
危险、激烈

魔鬼在我身前递一个苹果
美味、熟透

我肩负荆棘,采尝苹果
并将一生如此

天鹅想要久久
久久栖留,在它钟爱的湖

但若冰雪覆盖了湖面
天鹅飞走时,也并不遗憾

晚霜与寒风
聚压繁花

只为阻止蜂儿
醉攀花丛

什么在春天出现
在秋天消失

蓝绿色的玉蜂
并不哀叹命运

情人与我不常聚首
我们也并不为此哭泣

月亮今夜圆了
但宁静海的兔子何在

谁将在此圆轮中浮现
她的面容皎洁常在

这鹰的狂损之翼!
这风与执拗之石

那些反对我的人
风中从未松懈

我青梅竹马的恋人
你必须是狼族的血亲

与我缠绵多夜
此后你要独游群山

我渴恋地主的女儿
如渴恋最高枝
的桃子

我路遇的情人
你的肌肤异香如蜜

如一块白色松石
我没有珍惜,找着了
又扔弃

如果我能
与爱人相守终日
我便会知悉大海最深处
海床上躺卧的秘密

昨日新绿芽
如今黄稻草

想我少年身体
瞬间弯曲僵老

像门隅的竹弓
竹身早已干燥

满月跃出
东方雪山边缘

心中明月
三生犹见,同一笑颜

以前我常好运
能独竖一枝幡竿

某位静女看见
迎我走进她的房间

小酒馆里人群黑压压
她捻亮她的笑满满

然后,从她双眼
辟一个精巧的密室,她向我
敞开爱的秘密

我对她迷恋渴慕
问她如何回报

"只有死神能拆散我们"
她答道,"只要活着
就没有东西能将我们隔阻!"

若遵从爱人所愿
就会损弱我的修炼

但若我隐居深山修法
就会伤害她对我的柔情

因为我年轻
你轻轻一笑就虏获了我

但我要的是什么?
是一个词,在你生命中流过

如果我的情人永远活着
美酒便永不停止流淌

如果小酒馆一直不打烊
便足以庇护少年我俩

这女孩难道不是娘生的
而是桃树枝桠上结的

她的爱绽放、枯萎、坠落
快得像桃花灼灼

月亮在第三天出现
像我的情人裹在白绸里面

到第十五天,我们相会
变得更明亮更缠绵

我能驯服所有的猛兽
就用一点肉和面包

除了酒馆里的母老虎
你想讨好,她却跳起咆哮

情人与我幽会
在南方沟谷丛林

回到闹市我已听见
鹦鹉把我们的秘密唱遍

我们短暂同行
这喜悦之路

希望我们在来生及早重逢
再做对年轻情侣

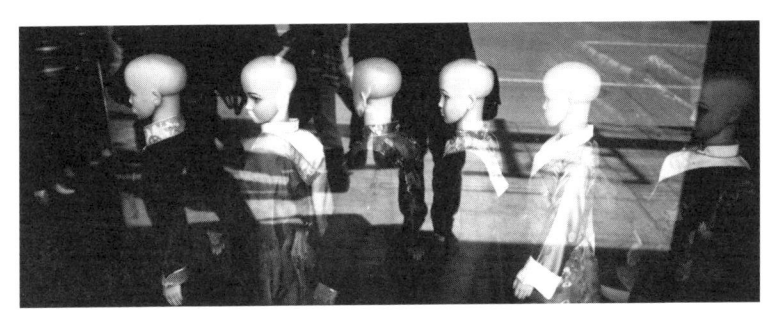

闪耀着粉红色的云朵
隐藏着冷锋与雹暴

半僧半俗的家伙
偷偷破坏着智慧之道

当我在布达拉宫
我是日增仓央嘉措

当我漫游在拉萨街头
匿迹于雪之村落

我就是浪子宕桑旺波
拥有情人众多

她在帽子上簪花
束辫其后,挥手道别

"我为你离去而伤心"
我说。"不要伤心,我的爱人,"
她说,"所有离别
都将带来下一次重逢!"

我与市集上偶遇的女郎
用三个字结出盟誓之结
还没有锥子去碰它
它已自己散却

黑印戳盲目封笺
信里是胡言乱语
请用信义之印好了
直接印在我俩的心

工布小子的心
蜂儿般蛛网乱撞
与情人三日缠绵
才想起为未来修行

情人不过鸟儿偶遇路石
酒坊阿妈却要撮合姻缘
要是我俩惹下麻烦
你可代偿银钱?

秘密不曾告诉双亲
只说与情人
情人身边牡鹿们跳跃
他的秘密就被仇敌偷听

杜鹃从门隅飞回

春气越北越生

我遇上了我的爱人

肉体和心灵都在苏醒

占卜的箭穿过靶心
遁入草地当中
我遇上了我的爱人
心也穿箭随行

人们对我蜚短流长
我心里得意自认
我少年如醉的脚步
不时逛进酒坊女的家门

若是我们彼此盲目
见面也不会相恋
如果相恋而不知心
失去了也不会挂牵

我未尝一晚
没有情人相拥

也未尝让一滴
精子流出我身

诗人仓央嘉措

2001年我初读仓央嘉措，是经由《情天一喇嘛：六世达赖喇嘛情歌及秘传》，书名出自曾缄诗《布达拉宫辞》，有其煽情本色，但内容多收各种仓央嘉措诗歌汉译，并全录神奇的《仓央嘉措秘传》，确是一本很好的仓央嘉措诗歌入门书。曾缄译诗如其诗，主观添加甚多，虽不乏生花妙译，但几乎可以看作再创作了。曾的浪漫主义态度也代表了多数汉族知识分子和文学爱好者对仓央嘉措的态度：为其身世及情辞所迷，不惜加油添醋，更添其魔幻绮靡。如此对异族文化意淫，殊不可取。随着仓央嘉措故事深入民心，好事者更刻意杜撰，制造许多虚情假意的流行滥调、爱情鸡汤，造作不堪，却都冠以仓央嘉措尊名，一时间网上网下小资大众皆为之倾倒，仓央嘉措几成恶俗之寄，有识之士能不痛心？

于是有了另一种反拨。以作家龙冬新译《仓央嘉措圣歌》为代表，对仓央嘉措去俗存圣，杜绝对仓央嘉措诗歌的爱情意味的翻译与解读，不惜以古之道学家强释《诗经》均为王臣之志那样的一厢情愿，把所有的仓央嘉措诗歌都译释为政治不得意和宗教修行悟道的寄寓，岂不又矫枉过正？龙冬认为仓央嘉措的诗里所写女性是暗喻那个仇视、废黜他的拉藏汗，这比从前儒教卫道士把《诗经》的情诗都解读为怀才不遇文人向君王献媚还要荒诞。拉藏汗不是楚怀王，仓央嘉措更非屈原，两者并无可以比拟男女爱恨之情的情感，有的恐怕只有欲除之而后快的敌意和叛逆抗争之倔强（后者可在仓央嘉措某些非情诗中见得）；而仓央嘉措情诗里对负心女子的抱怨，不出情人嗔怨之畴，甚至因为抱怨而更见爱意。

龙冬命名仓央嘉措之诗为"圣歌"，与部分藏族知识分子见解相似，后者出于对汉文化过度意淫藏文化的反感，立意捍卫仓央嘉措之圣名，把仓央嘉措诗歌中某些明显歌颂情欲的斥之为伪作、"艳俗下流"。为了否定仓央嘉措情诗，龙冬把仓央嘉措诗中频频出现的"强巴"几乎都译作"慈氏"（即弥勒）或"慈士"，把原本暧昧的爱情直接点作宗教之情。龙冬在其译后记解释为如果"强巴"不与"琼支"连用，则无情人之意——此说于理或通，但放到具体的仓央嘉措诗歌文本中，即使是在龙冬的译本中也矛盾重重,因为仓央嘉措写及"强巴"时多与"上师"反衬,或与宗教力量对立,如龙译此诗:"黄昏寻找慈氏,黎明落了大雪。掩藏毫无用处,雪地留下脚印。"若慈氏是弥勒或宗教上的追求,又何须掩藏呢?又如龙译:"美貌神奇的强巴,彼此深深地关爱。到山中念佛修行,不得不往后安排。"强巴竟成为修行的阻碍了?如此"不通"之处颇多,不一枚举,龙冬在翻译上选择汉语时常常理念先行,结果反而不能自圆其说。

仓央嘉措固非"情圣"、"情僧",但也断非无情苦修之普通僧侣。且莫论其尊者智慧过人必有奇思独悟,日增仓央嘉措作为密宗师,神秘主义的研习者,也尊重双修的蹊径。再深一层,一个神圣之路上的大修为者,也必然尊重世俗之爱恋,于儿女之情中见众生之情,于众情之后觉悟,菩萨之义:觉有情,便是如此。仓央嘉措既是以命运证道的圣者,也是血气方刚的叛逆者,还是尊重情欲的诗人,三者互相砥砺、互相成就。以前于道泉译本、庄晶译本,都能传达他的这种复杂性。复杂性完全无损达赖喇嘛之神圣,反而正因为尘世的种种历练甚至困顿使他最后的觉悟和超脱更为可信,可以说这是存在主义,也是人间佛学。

旧译仓央嘉措,第一个是于道泉,我最喜欢的译本也是他,1930年代的现代汉语,尚在自由摸索阶段,未被"规范"更未被政治语体洗劫,稚拙固然有之,但却因此质朴鲜活、妙趣横生,也适合于一个"异文化"的民谣歌者的诗人形象;并未流利的句法时而磕磕碰碰,却婉曲多姿,更传达出民歌的一转多折的魅力。曾缄的文言译本多情、过雅，亦有鸳鸯蝴蝶情味，终开日后伪作仓央嘉措情诗之滥觞。庄晶译本大方信达，可惜此时的汉语已经几无神秘感和暧昧，诗性也失去大半。

无论如何，仓央嘉措之诗是一流的诗歌，它是有情的道歌和有神秘主义色彩的情歌两者的结合，否定其中一面都不是仓央嘉措。它还有第三个魅力：民歌的魅力。仓央嘉措的诗歌深受门巴歌谣和其他藏地民歌、谐、古鲁影响，使其质朴又婉转，又有道歌之深意加持，世界诗歌中与它较像的只有苏菲神秘主义诗歌，而最有可比性的苏菲主义诗人，就是鲁米（Rumi），两者都是擅于性爱与玄思的隐喻互动，且在其间游弋往还，以至于忘返。

在我遍寻仓央嘉措各种译本的时候，我在一个旧书店找到了Coleman Barks的译本《Stallion on a Frozen Lake : Love Songs of the Sixth Dalai Lama》，此君为美国当代诗人，以翻译鲁米诗歌著称——虽然他不懂波斯语，但不妨碍他用当代感十足的自由诗翻译那些神秘主义格律诗。同样地Coleman Barks翻译仓央嘉措也不懂藏语，他依赖的是前人的英译，却秉仗其诗人天赋"创造"出另一个仓央嘉措——但是，谁又能说只有一个仓央嘉措呢？正如其身世之迷，历史上有那么多个不同结局的仓央嘉措，他们实为一体。我在小说《雪匪谣》里写道："这个赤裸着沐浴在布达拉宫深处的微光中的圣体，和全身披挂法器在大雪中一板一眼跳狮子舞的少年僧侣，以及赤裸在黄房子的软榻上滴汗的浪子肉身，原本就是一个。猝死于青海湖畔的，闭关于五台山的，周游印度、尼泊尔、康藏甘青蒙古等地最后在

阿拉善广宗寺圆寂的，也都是同一个人。"

于是我斗胆从Coleman Barks的英译本去翻译那个我的仓央嘉措，这样的"翻译"，以前我曾拿杜甫、李白、姜夔等古诗词试验过，就像不懂中文的庞德（Ezra Pound）从拉丁文译本"转译"中国古诗（这拉丁文译本又是从日文译本）一样，我用我的半桶水英文再次转译Coleman Barks的仓央嘉措，就是想寻找一个以前的译本所隐匿的诗人。俗语道：诗就是翻译中失去的东西，我却认为相反，对于一首好诗和一个好的译者，诗恰恰就是经过重重翻译还能留下来的东西。我的翻译不忠实原文（虽然我也参考了于道泉的英译、藏人W.Tailing的英译以及庄晶的注释），却力求忠实于我理解的那一个诗人仓央嘉措的心。译后我写了一首《致仓央嘉措》，那就是我对我所领受的

他的赐福的感恩,这幸福既圣洁、亦凡尘:

> 两天两夜翻译你的诗,
> 其间十数次抱起我圣洁的儿子,
> 其间外出购买圣洁的苹果与米,
> 其间听圣洁的电话数通,
> 其间接圣洁的吻两次,
> 双唇变作雨中的绿松石。

> 或者我就是蜀葵间的玉蜂儿?
> 或者我就是鹰翼上滚过的雷?
> 或者我就是那小喇嘛指头的酥油花?
> 或者我就是被你抱起的小马?
> 四蹄染雪,仍在轻轻颤抖,
> 明天我还要去冰湖上奔驰。

寻访笔记

仓央嘉措的回声

引子

从2001年开始,我迷上了六世达赖仓央嘉措的诗歌,于道泉的新诗译本、曾缄和刘希武的文言译本,都各有韵味,虽然这是一个被汉语化的仓央嘉措,但诗歌本质的永恒情感,是超越汉藏之隔的,我这样安慰自己,并接受了这个被再造出来的

情僧、背教诗人。

这十年以来,仓央嘉措之名愈隆,许多假他名义创作的滥俗情歌借着电影电视畅销书以讹传讹,成了小资青年新的带点酥油味的心灵鸡汤。另一方面又有极端反拨者,重译仓央嘉措,力求把他纳回纯正宗教道歌之槛,不料又重演道学家曲解诗经之谬。

> 左肩布达拉右肩是雪,
> 哪个更重哪个更无邪?
> 仓央嘉措不是仓央嘉措,
> 被多情和无情的人一再洗劫。

六月的一个黄昏，我从广州方所书店朗诵诗歌后回港的车上写下这些诗句，因为路上正好看了龙冬新译的《仓央嘉措道歌》，困惑于他又一新面孔。若然仓央嘉措已经不是仓央嘉措，那么他今天的面目该是如何？我尤其想知道最初源自门巴族、藏族文化滋养中的那个仓央嘉措，今天的藏人如何理解和传承他，而不是这个几乎被汉人垄断了阐释权的仓央嘉措。

当我得知在西藏的工布、门隅边境，依然有年长的珞巴族、门巴族歌者能唱古代两族歌谣（这些歌谣也是仓央嘉措诗歌的源头之一），我便决定前往寻访，并且以仓央嘉措行迹所过的地方为点，寻找藏人内心的那一个仓央嘉措。被我邀来同行的，是多年老友、实验民谣音乐家宋雨喆，他熟悉西藏民间音乐，该是我的好向导。

非常感谢这个计划得到广州方所文化发展有限公司的资助以进行采访并最终得以完成，从方所而来的念想，最后回到方所去，也是因缘。

寻访笔记·仓央嘉措的回声

一 迷失菩提

吉日巷深处有雪,木如寺大院
的孩子们不知道。
不知道就不知道,我的伤足
裹不上水做的僧靴。

那个人在云中打茶,抚奘
我记得那面容清澈胜光,
我记得须弥翻滚时,
你收拾坛城不遗漏一点微尘。

　　几经辗转从香港来到了拉萨,入住木如寺对面吉日巷深处的扎西曲塔酒店。这是一家温暖的老式藏店,旁边就是帕廓街。相对于一年前我来拉萨那次,帕廓街的警力稍微放松了一点,只是入口要过安检和查身份证,少了监视八方的岗亭,多了背灭火器的士兵与消防员。最高兴是见到大昭寺那个所谓艳遇墙被警察接管,并且禁止未经允许拍摄朝拜者了。重访木如寺印经院,小脏猫依旧,去年那三个假装当垆卖酒的小姑娘不在——"若当垆的女子不死,酒是喝不尽的。我少年寄身之

所,的确可以在这里。"又想起了仓央嘉措。

住在吉日巷深处,十点时突然静寂,只听见木窗吱嘎开关。于是写了上面那首短诗,作为计划写作的组诗《迷失菩提谣》的第一首。当年僧俗皆说仓央嘉措迷失菩提,我就喜欢他这样,并尝试与那个迷失菩提、却褒有诗心的他唱和。

燕游夜归的人不要在凌晨打门了,
那个金刚力掌门的已经死了。

杜鹃化身的人不要再吹口哨了,
变戏法的姑娘早已嫁人。

咚咚咚咚的是谁焦急的脚步啊?
是谁把米拉日巴的泉水一口喝尽?
是谁说她的辫稍沾酒沉重?
那沾了酒的喇嘛此刻裸肩香浓。

第一个采访的是丹多,他是仁波切、拉萨佛学院的青年教师、业余歌手,不穿僧袍的时候就是一个倜傥时尚青年。我和宋雨喆深夜赶去郊外一个年轻唐卡大师工作室里,采访了丹多关于仓央嘉措和米拉日巴道歌的问题。

丹多:道歌的一些新的创作也离不开我小时候念经的一些经历,在寺院里跟着师兄们一起诵经的时候就有一些小小的曲调,创作时把调子上下调大了。也有受琼英卓玛《觉》

这张专辑和国内外一些高僧大德的专辑的影响。也有民间风格的学习，传统道歌的曲子也是与民间紧紧联系的。

觉也是很好听的，它有强烈的节奏。我小时候听到这就站着听一小时不肯走，完全被迷住了。小时候我和别的西藏小孩更喜欢的是阿古敦巴，类似新疆的阿凡提故事，我对于仓央嘉措的认识和了解是随着年龄增长，渐渐对他的故事和诗歌感兴趣，对古鲁有了初步认识。

实际上米拉日巴大师的道歌，根据研究成果和史书记载，道歌就是藏文的古鲁，就是歌曲之意。米拉日巴大师在世的时候，不过是把民间唱歌的方式运用在了传播佛法的领域上，此后古鲁才在民间的认识上变成了专指宗教方面的歌曲了。对古鲁的理解有很多不同，有的人看到的只是仓央嘉措的古鲁，那他对古鲁的概念就是情歌；我向一些朋友介绍自己是米拉日巴大师道歌的传承人，他们对米拉日巴不太熟，就把这误会为情歌，让我给他们唱个情歌。

因为后来一些高僧大德对仓央嘉措的古鲁的理解，不同于很多大众的理解，所以仓央嘉措的古鲁，在这个群体的理解里，他的诗与密宗的关系就非常密切了。不能像平常理解一个情人那样去理解的。

喜欢仓央嘉措古鲁的喇嘛现在也有，像玛吉阿米（《东山上升起明月》）这首，后来在僧俗中都广泛流行，两界对仓央嘉措的理解很多都是从这段古鲁来的。但仓央嘉措其他的诗歌能像这样传唱下来的不多，可能我们无法从诗集之外通过另外的媒体来理解仓央嘉措。

现在自行创作道歌的也有不少，比如格杰寺的格杰仁波切，他就自己出版了一张专辑，其实就是把民间歌曲换上了自己的歌词，形成了很好的道歌。实际上道歌就是这样形成的。有一部分群体也许不能接受，他们认为那样的曲子对于这样的佛法不适合，觉得不够严肃，但实际上绝大多数人都接受，像琼英卓玛（Ani Choying Drolma）、葛莎雀吉（Kelsang Chukie Tethong）的道歌，也有民间的曲子，只要和佛的教义连接起来，它就是继承传统的道歌。

丹多是米拉日巴道歌的传承人，访问之后还为我们唱一曲，低回又宁静的，道歌。采访结束我们一块去找另一个年轻的仁波切，日桑仁波切。车子驶入深夜灯火阑珊的拉萨市中心，丹多轻轻唱起了仓央嘉措的《东山上升起明月》。后来我们在将要打烊的河畔面包店吃冰激凌听他们回忆往事、情事，丹多说了他对一个尼姑的一见钟情，他们只在一个法会上见过，但就像仓央嘉措诗所云："鸟石般跟情人路遇"，从此飞鸿东西，再也不得一见了，事后与几个师兄说起，他们也道为此尼痴迷。

寻访笔记·仓央嘉措的回声

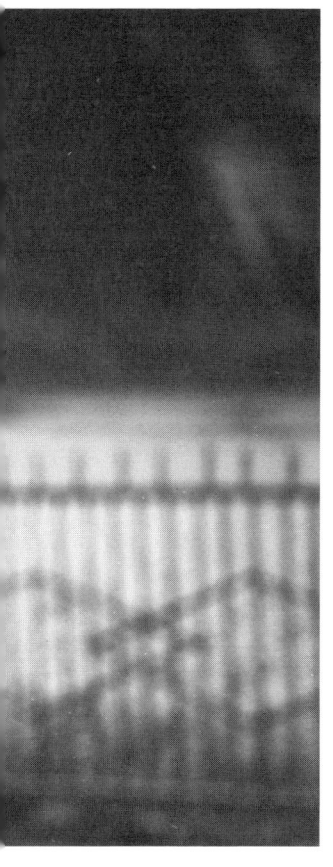

二 工布的少年

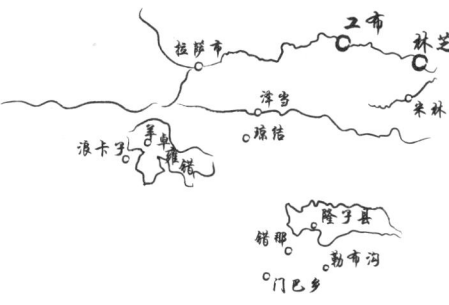

锈枪如星促我过山岭,
洗过的手就不好再结旧手印。
两只山羊一只是冬蜜一只是苦心,
两个情人一个是火一个石头浪中转。

好世界,既裟婆,便堪忍。
听不懂的歌我愿意再唱一遍:
这把刀子我留下了,连同刀上雪;
这片海我带走了,不带走水中经。

在拉萨利用微弱的wifi上网,看到"噶玛噶举之家"发帖说:佛教的裟婆世界,裟婆原来是堪忍之意。我回应说:"既裟婆,便堪忍",因为中文的裟婆二字,给我妙相婆婆之感。

拉萨的第三天早晨,约好的司机、宋雨喆的藏族朋友洛珠罗桑来了,他就是我未来的旅伴,我、宋雨喆、洛珠罗桑(化名)三人束装启程,踏上去往工布、林芝之路——民间文学学者德庆多吉告诉我:工布就是林芝,以前叫nichi,九代藏王发配到那里形成了一个小王国,nichi是他的儿子的名字。工布之工,就是坑、盆地的意思,西藏以前是大海,海水慢慢消失,最后消失、枯竭的地方就是在工布,门巴和珞巴人是被政府迁去的。

一路沿着拉萨河、雅鲁藏布江走,水波浩荡起伏,艳丽得很,安慰我们,一切堪忍。洛珠罗桑的CD机适时地响起熟悉的旋律,恰巧是我和宋雨喆的好友张玮玮唱的民歌《两只山羊》:"两只山羊爬山着哩,两个姑娘,洗澡着哩;我想过去嘛狗叫着哩,我不过去嘛我的心痒着哩——"过米拉山口时小宋和南都撒甲马了,仓央嘉措写过:"到东面的工布地方,要翻高高低低群山,心中想着可爱姑娘,只顾鞭策马儿快走。"。

我们想着的可爱姑娘就是珞巴族老歌者雅夏。在林芝的中心、西藏最不西藏的地方八一镇过了一夜,第二天十点出发前往米林的珞巴村。整个米林县大雾弥漫,非常可爱,但没料到那是边境地区,我没有边境证,结果在边卡"多卡"村被拦下,实在不得法只好让小宋他们进去采访,我在边卡附近等候。

宋雨喆他们回来接上我,他拍摄了珞巴老歌者雅夏很多好

照片,更令我难受。晚上约了门巴族作曲家德吉吃饭谈仓央嘉措,她又请来了文工团的老前辈曲艺专家阿旺多吉。阿旺是很幽默豪放的人,拼命劝酒,我干了起码十杯青稞酒,微醺中在微博上吹牛说:"说是谈仓央嘉措,但已喝十瓶青稞"。阿旺多吉兴致所至唱了多首仓央嘉措歌谣和工布歌谣,小宋也拿来琴唱了他的"猎人的眼睛一只大一只小"。

关于仓央嘉措,阿旺多吉没有谈出什么特别,只是和我们讲述了他青年时代,在工布的藏族青年是怎么恋爱的。

阿旺多吉：我们年轻的时候，六十年代，不敢公开唱情歌，用钢笔传情：把钢笔笔身拧开，小纸条藏在里面，然后假装借笔借来借去，回家就打开看。

纸条上面写着我们藏族最喜欢唱的情歌，我爱你你爱我，你是女人当中的什么什么，我是男人当中的什么什么，表现一下自己也夸一下对方。回信也一样用钢笔装着，就像地下党一样。发展到一定程度才可以面对面说我爱你。要再约定在什么地方见：今晚我到你家去，你睡在什么位置，角度全部要讲清楚。父母不知道，钢笔才知道，天黑以后悄悄地去——打枪的不要，悄悄地去。有的人为了谈这个恋爱，走到家附近就脱了鞋，光着脚像猫一样悄悄地去。是木房，女孩有自己的公主一样的房间，家人不会知道。

但这是解放之后的谈恋爱，解放前直接抢亲，我是男孩看中了你这个女孩，直接就抢过来，会给很多礼物她的家庭，他们就没办法了。如果还有竞争者，就会有悄悄的比武，用摔跤的方式。有的女孩两个男孩都爱，男孩就必须要摔跤，其他方式不行，谁赢了女孩就是谁的，比力气比聪明，唱歌没用了。

我们唱歌谈恋爱还有一个办法，通过群体跳锅庄的活动，我在男队里面，她在女队，我们都排在第一排，唱的时候我要占主角，不是单独唱但你要开头就唱，而对你有意思的姑娘就会跟你对唱。

用钢笔内胆做通信暗器、半夜摸入姑娘的房间等等，这应该是仓央嘉措在当代会做的事。阿旺唱了一段他认为是仓央嘉措最有代表的情歌，现在还在用的，很多作家离不开这个词，翻过来就不准确了，就是"工布少年的心情，像蜂儿圈在网里。同情侣缠绵三日，又想起终极佛法。"这首。

德吉一谈到仓央嘉措，就像初恋的女孩一样兴奋，她说小时候她学习爱情就是从仓央嘉措情歌而来，视之为感情导师兼梦中情人。

德吉： 很多藏语歌曲翻译成汉语就不好了。蒙古族的做得最好，走向世界了，就直接用蒙古语唱才好。藏语歌手很奇怪，不愿意唱母语，就是把它翻过来翻过去，《非诚勿扰》后面假冒的更那个不知所谓。西藏也有假冒的，藉仓央嘉措的名气。

仓央嘉措写这个词的时候也没有想到现在会这样。有人说仓央嘉措的很多歌不能按字面意思理解，比如说他写的"未生娘"，其实是度母的意思，因为他无法接触，只能远观。

仓央嘉措去过很多地方，包括林芝、四川等地。关于他最后的结局，我相信他没死，一直在到处转，去了印度等地。藏族女孩也视他为梦中情人，我就是他的粉丝，尤其这本书说他没死，浪荡了一阵子，最后一直在宗教上研究，普渡众生。

从小就接触他的情歌，大人也不会禁止，真是最早的爱情启蒙。有的诗写得特别让人心动，如这首"写出来的黑字……"用藏文念更加有感受。

这首诗"如果放不下，今生还是会成佛吧"，这是说他一辈子还是离不开佛法的。他丢不掉，也不可能丢掉。

他喜欢的女孩很多，但写出名字的只有一个。叫"鹦鹉"。印度的孔雀，工布的鹦鹉。米拉山多高也不在话下，这个证明他在林芝也有一个情人。

带醉去德吉家拜访其父母,都是门巴旧贵族出身,谈仓央嘉措,也谈门巴人从不丹到墨脱的当代史。

德吉的父亲: 仓央嘉措什么时候死的都不知道,西藏众说纷纭。他不是一般的人。解放前对他的谈论,我们在墨脱,交通不便,只是听说过他,现在流传得很广。三百多年前,我们家族从不丹迁移到墨脱,不丹和门巴的语言和生活习惯都一样,书写也都用藏文。1955年我们离开墨脱来到林芝。三百年前,不丹和西藏一样是农奴制,地主对农奴压迫得不行,活不下去了,听说墨脱是个圣地、没剥削地方,不劳动的话就有糌粑吃、有牛奶喝,于是就来了,来了才发现实际上不是那么回事。墨脱只有很少珞巴人,门巴和珞巴打仗,就把珞巴人赶走了。珞巴的语言和信仰都和我们不一样。

门巴语的名词大多与藏语一样,但说话不同。墨脱很多人退休了之后搬到八一镇,这里的气候条件比拉萨好,是西藏最美的地方。我们去拉萨会缺氧不适应。墨脱的海拔只有一千,比林芝还低。门巴人不多,要是算上不丹人就多了。但墨脱是门巴人占多数。墨脱现在汉人多了,主要是包工头,四川云南的。

寻访笔记·仓央嘉措的回声

三 珞巴的歌者

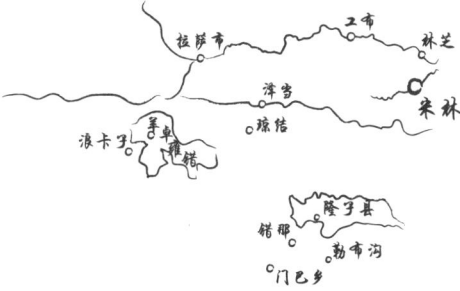

翌日醒来时作出了一个正确的决定,就是重访珞巴族老歌者。去公安处办了备案登记,又再驱车前往米林,结果顺利过关,今天根本没有人检查,也许前两天领导来了又走了。米林已经很有边境感觉,人更稀少,山水更自由。去到珞巴村,雅夏老人的孙媳妇带我们去找她,跳出来一个积极分子横加阻挠,说什么这要跟县上面申请的,哪能说来采访就采访。只好打电话给当地法院的熟人,才把他镇住。

雅夏老人短发齐眉,眉宇间见得出当年是一个美人。她见到我们重来很开心,带我们去她家,家里比较清贫,锅里煮着一大锅野菜或草药。她的曾孙女在安然睡觉,只有四个月大,一屋杂乱中她特别健康。

孙媳妇帮雅夏换上专门的衣饰,就像一个印第安的巫师。她应我们要求,先重唱了昨天的民族史诗,呢喃往复像爱斯基摩老奶奶唱的创世童话;吸了两口鼻烟振作精神之后,她再加唱了曲调变化更多的劳动歌、出猎歌和婚歌,质朴悠远,像北美印第安歌谣。珞巴古语无人为继,连年轻的珞巴人也无法给我们翻译,只能从老人的解释中转述个大意。后来,我在《西藏民间歌谣选》里看到四十年前收集的珞巴族求婚歌"巴鲁",我想也许就是这一首:

> 剽悍的小伙子,
> 是从金子河边来的。
> 是从大山那边来的。
> 他带着雪白的银子,
> 他带着贵重的宝贝,
> 要娶美丽的女子哩!

(**补记**:去年夏天去给她做了大量录音和拍摄后不久,雅夏老人去世了。这个名为"寻找仓央嘉措的回声"的展览后来

在广州的方所书店开幕,我剪接了半年前在西藏拍摄的短片作为摄影展的旁白。影片里一个个珞巴族和门巴族老人们在唱迹近失传的歌。雅夏的歌不知是否会失传,我一次一次地回放她的笑,她的不丹发型下印第安美女的脸,歌声停顿时她给自己鼓掌晃动的珠串,这一切她都带走了,到世界末日后的某天。

我难过又为她的美倾倒,知道再也没人能把创世史诗唱得像情歌,把情歌唱得像一只雪狮面对睡着的猎人,把猎歌唱得像初醒者面对一颗晨星——它的光斑清晰绚丽泗流像木纹,也像老妇人敛笑后的鱼尾纹,它的沟壑混点着星尘如金粉,散舞如雪中裸体少年,它的卫星被静力凝固在忘川之上,合唱着宇宙间不知何处弥漫的微光,直到下一轮千禧,再会下一个吟唱它们爱情的老人——雅夏,这是我写给你最后的歌谣。)

四 布达拉的夜路

甘丹寺的天梯七七四十九绕,
布达拉的夜路九九八十一回,
我的菩提心不绕也不回,
像那盐湖平静,像那盐湖苦涩。

七七四十九绕也摸不到天啊,
九九八十一回也回不到拉萨。
脱光了的心在雪中跑步,
百千空行也不如它明艳。

　　《仓央嘉措秘传》里写到，出逃后的仓央嘉措曾经秘密潜回拉萨，其中一个隐蔽的落脚修行点是甘丹寺。甘丹寺就在我们去林芝的拉萨河畔，但在3800米高山上，山路盘绕近十回，路过许多牦牛牧羊才见到寺的建筑群横亘山顶。寺多处在重修，寺内路上一样是行走着消防员和保安。大殿里是浓重的酥油味，喇嘛们在为某个节日密锣紧鼓地做酥油灯和花。只有两个年轻喇嘛不干活，就倚在一起，一起用一个手机发短信。

　　回到拉萨写完日记。日桑仁波切约我们去吃饭，席间有一个著名的拉萨词人,也是藏文化研究者,他说及仓央嘉措:"谁了解他寂寞的指尖?"我想起小喇嘛发短信的指尖。

晚饭后,日桑仁波切建议我们一起去转一圈布达拉宫,于是我们在微薄的夜色下走在布达拉宫长长的宫墙下,直至夜浓。我一路转经轮,一路为家人朋友祈祷,这是我最虔诚的一次了吧。走到龙王湖宗角禄康,就想起建造它的仓央嘉措,又想起他也曾在此夜色走下布达拉宫,走到雪中。"夜里去会情人,早晨落了雪了。保不保密都一样,脚印已留着雪上。"那是他骄傲而寂寞的故事。

当然还想起了其他不能回家的人。四下寂寞,只有我们大步流星地走,擦着黑暗中的草木。夜里的布达拉宫如阴阳鱼漂在空中。

寻访笔记·仓央嘉措的回声

五 琼结的人最漂亮

没家的人,去山南,
没庙的喇嘛,在落山风中挂单。
琼结姑娘在别的工地唱别的歌了,
仁增旺姆你别再对我笑。

没家的人,去泽当,
没头脑的骤雨,在昌珠寺游方。
成都姑娘半夜的招客电话多悲伤,
需要按摩的是头疼的金刚。

为着仓央嘉措的一句诗:"拉萨的人最熙熙攘攘,但琼结的人儿最漂亮。"我们就从拉萨直奔琼结。有说这"琼结的人儿"指的是五世达赖的同乡美人达娃卓玛,她曾凭歌声打动五世达赖免除同乡劳役。我们也去了传说是她的故乡的雪巴村寻找像达娃卓玛那样的善歌女子,但一个也没见着。

达娃卓玛在汉人的著作里,曾被附会成仓央嘉措的情人,此大谬矣!后来我在拉萨和德庆多吉说起,他好生气愤,他说仁增旺姆才是仓央嘉措在琼结真正的情人。的确,拉萨木刻版《仓央嘉措的歌》里有这么一首:"在东山的高峰,云烟缭绕在山上,是不是仁增旺姆啊,又为我烧起神香!"德庆多吉却给我讲了另一个故事:仓央嘉措原来从未与仁增旺姆相恋,他知道她,他们曾在琼结擦肩而过——"若是他们能成眷侣,仓央嘉措将成为西藏真正的王者,他们繁衍的家族将千秋万代……"德庆多吉渐渐低下声去。

离开琼结,转而去了西藏第一座宫殿雍布拉康,倒是有大收获。雍布拉康兀立小山岭上,秀美灵巧,可想象当年藏王与妃子在此度夏,小国寡民之快乐。上去的路颇气喘,再转过来的时候遇见几个从扎囊来朝圣的妇女,她们绕着雍布拉康转经,转着转着就自发地唱起歌来,正合我心,于是录了半天音。其中一善歌中年女子和一年轻女子对我们特别友好,即使走下山头仍屡屡回顾挥手。

下了雍布拉康,小雨飘飘,我们去了昌珠寺。昌珠寺我去年过而不入,后悔了一年,这次趁其关门前一小时尽情游览。不愧是西藏第一个寺院,不少木雕唐卡都是真正的古朴味道。在大殿,一个寺院管事教我学藏人一样钻进神龛下的通道转圈,我磕磕碰碰转了一半,摔倒在地,管事扶我起来,面露赞许之微笑。

观赏完楼上著名的珍珠观音唐卡,暴雨骤至,我躲在殿下拍摄风卷浪幡、雨打墙,又遇见善歌中年女人和她的小孩,冲我一笑:又见到你了。我把镜头转向她们,配上了画外音:原来这就是琼结的美人。

六 山河壮丽

通过熟人关系，解决了边境证问题以后，我们就去了山南最南之地：错那。车过泽当，过琼结，越接近错那，风光越是与山南地区之北部不同，更为多姿。也许因为喜马拉雅山的缘故，树木庄稼更丰富，山岩的变态更甚。

"山河壮丽，不值一提"，这豪迈的诗句是湖北诗人小引的，他并不是要豪迈，他写的是死亡背景前面的

静穆。但当我奔走在藏南大地上,起伏翔降之间,每见到辽阔河山在我面前展开,便想起这句有点悲愤的诗。

对于我们,山河之壮丽当然不是不值一提的,它们时刻抚慰我们的短暂和无常。是的,面对无休止的静默群山,我想到的只是无常的如影随形,追随着我们这些草草行者的脚步。直到车过隆子县的荒野,一圈圈盘绕上山下山之际,突然见到那几个徒步的藏人迁徙者。

他们无视这些规规整整的现代公路,直接横越,以直线走接近四十五度的山坡下山，他们并不是装备精良的越野探险家，而是拖家带口的褴褛者，甚至带着一只羊和卷着的帐篷。然而他们的身体仿佛与这山河分外合拍，没有半点犹豫就融入了这些砂石与像海水一样泼溅出来的蓝天之中，我们的车子扬尘而过，再回头他们已经消失在山与山的褶皱之间。

这是我们午后两小时驱车狂奔唯一所见的人烟。他们并没有人烟这一概念，也许他们认为人就是应该嵌合在自然之中生存的。大山在他们眼前的展开也和我们眼前的不同，对于他们来说，大山将是最终接纳他们的归宿、那些天葬师的兀鹰助手的安眠休憩之地。而不是我们眼中，需要征服、翻越或者拍摄、书写、赞美的对象。

上山开得飞快，下山倒慢慢的。洛珠罗桑不断重复的话就是：下山我最害怕，总是担心刹车出问题。他以前开过长途货车，在中国货车就意味着超载，超载的车往往死于刹车失控。我们沿着202省道，过了雪布达拉山、过了日当、接着翻越更高的香加拉山……

七 门隅的杜鹃

门隅的姑娘是峡谷流水,
向北向南捎着六声杜鹃;
门隅的男子是水中伤雷,
向东向西不懂再回头。

门巴司机巴珠摸黑攀雨,
送来了拉萨的浪子和啤酒。
小巴珠不是仓央嘉措,
不知道酒醉的官兵已守在门口。

进入错那边防境内，好一番边陲景象，车子缓缓爬升，渐渐到了五千海拔之香巴雪山，舒缓高原、百里无人，只有艳丽湖泊拿日雍错赫然展开，背后是被阳光照出了五色的遥远山岭，以及在云雾中隐现的积雪山巅。过了雪山，车彷佛在喜马拉雅百万年的折褶里穿行，人则如忧郁的流亡者，含枚疾走。这就是古代的门隅地区，仓央嘉措的故乡。仓央嘉措说：

> 我和情人相会的地方
> 在南门巴的密林深处
> 除了巧嘴鹦鹉
> 哪个也不知道
> 能言的鹦鹉啊
> 这秘密请不要向岔路口泄露

门巴女孩子们的确比山南其他地方漂亮，民居也更古朴。

抵达错那县城，好一个空落寂寞之边城，气温骤寒，恋爱的少年男女在一只过马路的牛前面喁喁私语，电线杆上贴着寻找反叛离家出走的男孩的招贴："现场抓获者奖励两万元"，就像北美某个孤凉的拓荒地。我们拜访了洛珠罗桑的表弟妻子之家，她替我们联系了去勒布沟门巴村的车子，我们边吃饭边谈好了价钱，司机是个门巴族的小伙子，旁边一个湖南包工头不断劝我们不要连夜赶去，非常危险云云。

但天色已晚，明晚还要赶回拉萨，我们非走不可。七点多我们匆匆上路，小伙子叫小巴珠，20岁，开一辆北京吉普。他

说路虽极其糟糕，但他非常熟悉道路。车子上山，渐渐省道就没有了，换作泥路，接着是更糟糕的被工程车和雨水踩躏得不成样子的"路"。而且大雾四起，能见度不足5米，吉普慢慢吃力地在不断盘绕的山路上跋涉，危机四伏，常常一颠簸，轮子就离路边悬崖不到一米。安全带还是坏的，我坐在副驾驶座，只好默念仓央嘉措之名和六字真言祈祷。雾中时而有过往车子，有马，有修路工的帐篷，这些如苦行僧的修路工真让人不解和敬佩——想来他人看我们亦如是。

夜山幽蓝，翻过整座波拉山，夜才真正黑下来，但还能辨认勒布沟的流水与树丛、倏忽而过的马群，直到远远能看见门巴乡，黑已不见五指。继续跋涉一小时，到达门巴自治乡前沿，小楼房的建筑风格果然与数里外的不丹相像。我们帮一家

小商店的母女俩卸了小巴珠给她们带的几十箱拉萨啤酒。又继续跋涉一小时,终于到达麻玛乡,入住新建无名宾馆。

这是我生平走过最险的路,有人说我这是真的衣锦夜行,我道这是泥污中一朵莲花心的照耀。

> 我下"雪"偷情,
> 雪偷走我的脚印。
> 我下山偷马,

雪中伤毙的是我的强盗前生。

群山押解,群山哑嗓,
群山挥洒亿万碎银。
你买得去我的拉萨酒坊,
买不去我的卖酒情人。

翌日7点钟就起来,早饭后小巴珠带我们去村里,村子被勒布沟包围,因此山水特别丰润秀美,就像我曾在云南见过的峡谷下桃源景象,蓝房顶、转角窗的门巴屋子也较厚重的藏族屋子轻盈。先看了今年五月他们首办仓央嘉措文化节的遗物:一个个铝合金制造的巨大诗牌立在谷地的中央,虽然是仓央嘉措最美的情诗句子,但这些金黄金属与四周的绿意格格不入,还不如一直留连在我们旁边的小牛小羊。

四周的鸟声婉转中,远远传来不知道哪里播放的高亢红歌,与鸟声斗艳。

时间不多了,我们的目的地还在半山上,先随小巴珠送各种货物给村民和兵营,山路辗转最后去到另一个门巴村贡巴乡,这里已经有会唱门巴古歌谣的一个老妇人强久等着我们,后来还找来一个害羞的中年妇女白月措姆,以及作为翻译的女大学生仁增旺姆(化名)。

强久和白月措姆各唱了多首门巴的传统歌谣,以及一首仓央嘉措《东山上升起皎洁的月亮》。我又邀她们出门外坪上拍摄歌唱,门外就是勒布沟的千山层叠,歌声一起众山摇。离开前,强久请我喝了自酿的青稞酒,三口一杯的干。开车离开,小巴珠指着远山说:山后面就是不丹,骑马的话两天就到。

又重复了昨晚的危路攀援,大雾弥漫,养路人时隐现。三个小时后回到错那县城,大海媳妇一家强留我们吃了午饭。我们匆匆开拔,怕赶不回拉萨。202省道继续忧郁的延伸、起伏,到隆子县的时候,偶遇一队过望果节的妇女,盛装、背着经书,在几个旗手、鼓手和一大一小喇嘛陪伴下前行。我们急刹车下来拍摄和录音,她们见状反而高声歌唱起来,歌唱间含笑窥人。最老的歌者对我笑咪咪地用藏语说：你来背这经书，我来坐车如何？

就在她们之间我拍摄到了此行最美丽的笑脸。她们是阿西乡来的巡游者，身上的隆重服饰在阳光下浓郁沉重，但掩不住少女脸上的纯真明媚——如此明媚，但将不知所终，她们也会在千山之深处寂寂过此一生吗？她们幻想过她们的仓央嘉措吗？她们的直腰身，最后也会弯如南弓。惟愿祝福你，宇宙中最淳朴真挚的笑容。

车子在她们身边稍待，旋即又开向尘埃盘结的城市中。"门隅的男子是水中伤雷，向东向西不懂再回头。"水中伤雷其实说的也是我自己，被这些刹那幸福的荣光所包围，像一条沉默的鱼不懂得诉说幸福与不幸的滋味。

寻访笔记·仓央嘉措的回声

八 落寞山南

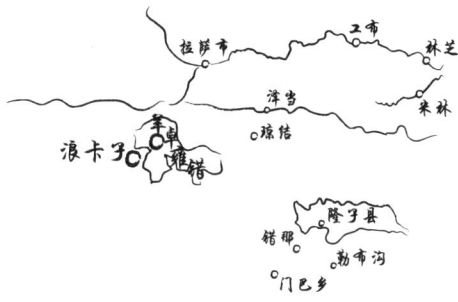

高高的雪峰在家吗?
玉鬃的雪狮来探望你。
玉鬃的雪狮不回家了吗?
不度亡仁波切我要走了。

门巴的少年远走了,
楚布的少年远走了,
不忍听雪是宗角禄康的夜歌,
不忍看拉萨河是扯碎的哈达。

在藏最后一天,造访山南的羊卓雍错和浪卡子,浪卡子宗是仓央嘉措坐床以后入拉萨前驻锡盘桓之地,但记载语焉不详,甚至还有汉人作家虚构他向往羊卓雍错旁边萨顶寺的"女活佛"之事,亦是荒诞。

翻过五千零三十米海拔的岗巴拉山,曲折百回,上得山顶赫然看见山那边的羊湖浩森,左右延伸不见尽头。山顶已经被开发成一个旅游区,一时间挤满了呼啸嬉闹的汉人,满脸油脂手中相机咔嚓不停,可悲的是也有不少藏人牵来了他们心爱的藏獒、牦牛,披红戴绿的招徕汉人拍照收钱。藏獒都是一流俊美的巨犬,头大如狮,但即使鬃毛都被染成红色,依然是一幅落寞表情。

这末日一样的狂欢气氛只显得山下的羊卓雍错无比平静超然。匆匆驱车下去,沿着羊湖北岸一直开,游人渐零星,牧人也少见,只有羊群牛群自顾自吃草。开过羊湖尽头再绕至南岸,过浪卡子不入,转土路过危桥,来到此行目的地萨顶寺。

此寺偏僻却尽享好风光,远处一左一右分别是羊卓雍错和宁金康沙雪山,以蓝以白均衡着水与雪最宏大的静谧,而萨顶寺就处于静力相持的均衡点上。萨顶寺之著名,因为它的主持是西藏唯一的"女活佛"主持,十二世多吉帕姆——她现在年事和世俗地位已高,在寺院最高处仍供有她年轻时的肖像,娴静和美,含笑倚坐,虽温柔如邻家姐姐,却矜持不可触。萨顶寺也给人这种感觉,仿布达拉宫的结构,含蓄内进,盘绕出许多未名空间来。

喇嘛不多,也没有见到传说中的女尼,有小喇嘛和小女孩,分别嬉戏。我们也像无言的藏獒,落寞而来落寞而去,车子彷佛扎进远方宁金康沙雪山的倒影中。

在《西藏民间歌谣选》里看到一首错那的果谐歌谣,里面唱道:"高高的雪峰在家吗?玉鬃的雪狮来探望";另一首山歌则像是回应:"雪山的狮子去年就去了,雪山一直等你到今年;狮子啊,不要耽搁,快些来,积雪一直等你不会变。"这也是我想唱给仓央嘉措的歌。

写于2012年

仓央嘉措的两个节点

藏传佛教喇嘛和沙弥制作坛城（音译曼荼罗），是我最着迷与震惊的仪式。众僧用彩色沙子绘画三世十方诸神，从时间和空间两个角度象征密宗的宇宙，费时费神日久方能绘出一幅大坛城，德国大导演赫尔佐格的纪录片《时间之轮》即有纪录其细节。但最给人当头棒喝的是，坛城制作完毕之际，便会由高僧动手拂乱，最后五彩含混，回归宇宙之混沌中。简单点说，就是最直观的色即是空的演示。

有人制作坛城，有人把坛城归元，但是，谁是哪最小心地把坛城的每一颗细沙微尘捡拾收藏的呢？此人必是诗人。

此人就是六世达赖喇嘛仓央嘉措，他用自己的命运和抒情诗收拾山河万物，让他们通通发出微光。他的命运是生于西藏南部最边缘的地方门隅，小时候被勘为灵童后辗转各寺院修学，直到14岁由五世班禅授戒，继而被引进拉萨坐床，从此置身蒙古入侵者拉藏汗与西藏摄政者第斯桑杰嘉措的斗争中。仓央嘉措最后被拉藏汗陷害，24岁押送北京，路经青海湖遭遇不测——关于他的结局众说纷纭，有说死于谋杀，有说死于时疫，有说夜遁从此隐姓埋名在蒙古广宗寺终老，也有说被康熙送往五台山闭关苦修至圆寂。他的诗也如他的命运一样扑朔，情诗道歌彼此交错，颠倒有情众生。我也是为仓央嘉措的命运与诗所迷，开始翻译他的诗歌和研究他的谜。

这次来西藏第二天清晨就从拉萨赶往日喀则。三次入藏都没有来日喀则，这次是一定要来，因为我的"寻找仓央嘉措"写作计划，漏了这里很重要的一环。根据五世班禅日记记载：1702年，仓央嘉措曾在日喀则的扎什伦布寺向他的业师五世班禅提出不受比丘戒，甚至退还沙弥戒的要求，彻底还俗。那可是大逆不道，当然没有得到班禅的同意。

据班禅日记，这个戏剧性事件发生地就在扎什伦布寺的日光殿外庭，但是日光殿在哪里呢？我一路上问了好多个喇嘛和导游都语焉不详，最后我们猜测就在班禅寝宫下面，一片在阳光下白得发亮的庭院就是仓央嘉措辞戒之地。我在这儿坐了很

久,看着这个仓央嘉措也曾凝睇的地方,其白亮如雪,也许就像仓央嘉措在布达拉宫俯瞰的"雪"村落一样,诱人眩晕。

曾虑多情累梵行,入山又恐累倾城。仓央嘉措越是长大,就越为这修行与情爱的两难而深感折磨。我想像他从拉萨一路走来,骤山骤水,内心已经酝酿斗争,最后在这无蔽敞明的日光加持下终于豁出去了。日光殿俄倾下了几点骤雨,雨声混迹于楼下大殿数百僧念经声中,随之阳光又洞穿一切。后期的仓央嘉措只如这忽晴忽雨,诗歌费解。就是因为豁出去了,每写一首就少一首诗了,怎能不披沥肺腑做终极唱咏?

在藏七日,错那的贡巴孜寺是我重走寻访仓央嘉措之路的第二个高潮。扎什伦布寺是仓央嘉措尝试退戒还俗的地方,而贡巴孜寺刚刚相反,是仓央嘉措为僧寄寓的第二个寺庙,仓央嘉措在此度过少年时代,应该对青年的他影响深远。接近寺院,从山丘往下望,我能看到少年仓央嘉措曾经看到过的景象:山岭逶迤展开,油菜花田错落,河流曲折回环串珠而过——少年诗人就是这样接受天地灵气的涵养,日后诗歌境界一直开阔。

近六百年历史的贡巴孜寺在"文革"时遭到大规模破坏,原来占据整个山头的寺院现在只剩下卓康部分还保存得比较完整。我们推门进去,只有一老喇嘛相迎,老喇嘛指点卓康下面我们以为是养牛场的废墟,告诉我们这才是原来贡巴孜寺的主体,仓央嘉措少年修道之地,如今只有碎瓦断垣,一黑犬狂吠不已。

除了传说是仓央嘉措坐过的宝座(但我怀疑老喇嘛记错,实际上是本寺活佛丹巴嘉措的),其他古代痕迹皆无。我们怅怅然出了破门不舍下山,却骤眼看见远山一道彩虹展现,一如三百多年前,照亮少年之眼。

写于2013年夏

错那的爱

走在山的胡须中时
人都是山神
高喊感谢波拉爷爷山的时候
我在感谢自己:
你自在、沉着、舒展丛林
就像那些拥有幽蓝色

怀抱的大山一样。

早上在勒布沟醒来,我不禁写下这些诗句感恩。

错那,一个位于西藏最南部与不丹接壤的小城,我怎么也没想到我会在一年内来了两次,而且两次都冒险翻越仍在修路的波拉神山,深入近乎与世隔绝的仙境勒布沟。而且,两次陪伴我的司机都是藏人好友洛珠罗桑,两次都见到了美丽的仁增旺姆。

夜车、烂路、雨雾天气、海拔四千的危山,对于洛珠罗桑和我来说,这个险都值得冒。我是为了接近仓央嘉措的故乡门隅,看看他小时候看过的风景,听听他的乡音,这两点都有助于我翻译仓央嘉措的诗和加深对他的认识。而洛珠罗桑陪我前往,除了喜欢美景,还多少有点惦记着见过一面的仁增旺姆。

翻越波拉神山不是容易的事,送我来到错那县城的洛珠罗桑只能放弃他的爱车,和我们一起坐上门巴司机开的四驱车才能继续前进,因此他也能回到一个游客的身份,轻松了不少。去年小巴珠的车以时速10公里的速度在雨雪中翻山,深夜12点才到达麻玛乡的宾馆,今年扎西的车好一点,我们也要10点多才到达。一路上蓝雾拂面,木石隐现,零星的养路工如山神——不,如西游记里的大钻风小钻风鬼魅般闪过,惊抬头,波拉山巅犬牙交错,其势欲倾。

扎西告诉我们:波拉就是爷爷的意思。我高呼:谢谢波拉爷爷!的确需要谢谢,如此美景随夜幕展开,人行走其中如梦游,浑然不觉世界在远处存在,只有瀑布水声琳琅提醒转弯抹角。我也是替仓央嘉措谢谢波拉山，因为波拉山的遮挡，门隅地区的气候更为滋润，山沟里尤其如此，物种纷繁变异，时时有骏马漫步雨雾中、彩蝶翻飞溪流旁，这样的湿度也呵护了门巴女子的皮肤，她们因此比藏北甚至拉萨的女子更显柔美；而正是这些温婉景致与美人，种下了仓央嘉措诗歌里婉曲多情的调子。尤当他写及门巴故乡的时候，最是思绪纷繁，如谷中万物在春天竞生。像这首：

> 杜鹃从门隅飞回
> 春气越北越生
> 我遇上了我的爱人
> 肉体和心灵都在苏醒

我没有遇上我的爱人，但我总是遇上很有爱的人。上次来遇上的是门巴语翻译仁增旺姆和老歌者强巴、白月卓姆，这回仁增旺姆不在家，我们就找到了另一个擅长唱萨玛酒歌的阿妈次仁曲宗，她除了给我们唱仓央嘉措情歌，更多的是唱门巴人写给仓央嘉措的歌，这些歌里为仓央嘉措被指摘的"不护细行"辩护："不要指责仓央嘉措，他要的和人们需要的没有两样"，也歌唱门隅地方诞生了这位最重情的达赖喇嘛。

次仁曲宗也是个很重情的女子，开始她给我们劝酒，最后她喝得比所有人都多。也许是碰上了我们纪录片的编导也是一个重情的女子，她们俩撇开了我们，在屋子一角和另外三个门巴女子边喝边说无尽的悄悄话，我知道她们在谈论男人、爱情和情歌。见不到仁增旺姆,洛珠罗桑有点心不在焉,我们冒雨在山坡上看马,看马的时候,男人往往不惯言语。

录了无数首门巴民谣,终须一别,次仁曲宗和我们的编导都喝得满颜酡红了,次仁搜着我们袖子反复地说:"不要忘记老妈妈啊,要回来看我。"其实次仁不算老,她才四十八岁,女儿倒是二十六七岁了,但远在错那县城工作,估计和仁增旺姆一样不常回来。次仁的牛也在哞哞,雨水时下时停,摇摇晃晃的,我们的车又上了山腰。

还是得回去找仁增旺姆,她是门巴乡唯一一个大学生,从南京读书回来,和老妈妈说的无数话需要她翻译。第二天黄昏我们回到错那县城,此地的边城气氛远甚于边境的勒布沟,牧牛和妓女在街上晃荡,悬红寻子的招贴糊在电线杆上。仁增旺姆会合了我们,就带了女编导去她家做翻译了。洛珠罗桑酸酸的,和我说:"她刚才问我你叫什么名字!"

我说洛珠罗桑别误会啦。晚上我和洛珠罗桑去仁增旺姆家接女编导,真相才大白,原来仁增旺姆在网上找自己名字,找到我去年写的一首打油诗:

  拉萨地方宕桑旺波最漂亮,
  我和德吉都这么认为;
  琼结地方姑娘都漂亮,
  宕桑旺波和宋雨喆是这么唱。
  错那地方仁增旺姆最漂亮,
  洛珠罗桑一个人说了算;

林芝地方央吉玛的妈妈最漂亮,
我们所有人都这么想!

宕桑旺波是仓央嘉措从布达拉宫下去拉萨市井时用的俗名,风流倜傥男子之意;央吉玛就是现在全国知名的门巴族"女神"歌手,去年我们去了她在林芝的家。仁增旺姆想:错那地方叫这个名字的只有我一个啊,那定是写我无疑,只是其他这一堆名字和作者廖伟棠是谁呢?今天再见,她才把我们对上了号。这下洛珠罗桑有点尴尬和害羞,我呢却以无意当了《邮差》里的聂鲁达而自豪。

回到宾馆,难以入眠,想起仓央嘉措少年时离别此地的心情,想起那两小无猜的门巴小情人的心情,然后做梦也梦见许多有缘的人。

写于2013年夏

小说 雪匪谣

仓央嘉措从来没有见过达娃卓玛,见过她的是他的前生。

仓央嘉措也从来没有到过"雪"地方那些黄房子中去,去和那些当垆女调笑的是浪子宕桑旺波。

如众所周知,大雪败露了他的冶游行踪,拉藏汗趁机弹劾。朝廷来的术士来到布达拉宫,请他赤身裸体端坐其位,围绕其前后左右端详细察,然后说道:"这位大德是否为五世达赖的转世,我固然不知,但作为圣者的体征则完备无缺。"说罢顶礼膜拜,返归东土。这个赤裸着沐浴在布达拉宫深处的微光中的圣体，和全身披挂法器在大雪中一板一眼跳狮子舞的少年僧侣，以及赤裸在黄房子的软榻上滴汗的浪子肉身，原本就是一个。

猝死于青海湖畔的，闭关于五台山的，周游印度、尼泊尔、康藏甘青蒙古等地最后在阿拉善广宗寺圆寂的，也都是同一个人。

我的笔记就记下来这么多，寻找仓央嘉措的路线从门隅措那地方开始，中断于浪卡子，没有前往青海和蒙古，因为我们的司机洛珠罗桑不见了。

洛珠罗桑和达娃卓玛

洛珠罗桑不见了，就在他梦见他初恋女友达娃卓玛那天的晚上，只剩下一辆没有油的北京吉普，以及尚河和我，抛锚在隆子县的某个山谷里。

"他们先是趴在帐篷外面，打缝儿往里观看，后来我说你们别把帐篷压塌了！他们就一个接一个钻了进来，不好意思地挤着，搓着红得发亮的小脏手，'叔叔，就是嘛，外面太冷了'，十多个小学生挤在我们的双人帐篷里，我一边不耐烦地冲他们挥手，一边继续对身下光溜溜的达娃卓玛使劲。

"我和达娃卓玛对倒着睡，我的手搂着她的后背，嘴巴亲着她的大腿根，但不知从哪里来的一只小脏手不时胳肢一下我的脚窝。

"我们好像做了整整一天，他们也看了一天，后来天色暗下来了,我想你们怎么还不去上学!这我才知道自己是在做梦……然后我就担心起来,这样做下去,我会不会遗精?我要是遗精你们该笑话死我了。"

空空荡荡的202省道上,洛珠罗桑一会踩油门一会减速,毫不掩饰地跟我们讲他早上做的梦,北京吉普就像一只没睡醒的鳀鱼贴着海底滑翔,阳光间隔云影,海拔5000米的省道也像静沙安稳的海底,我们轻微地起起落落,昏昏欲睡。

"达娃卓玛做爱很好的,虽然我们只是做过一次。"洛珠罗桑是个快乐的阿里青年,去年刚刚当了第二个孩子的爸爸。"我和达娃卓玛从小就认识,一直同学,后来就搞恋爱,但是她的妈妈太贪钱了,我又太穷。"

"中学毕业她就嫁人了,嫁给一个跑拉萨的商人。我不服气,在她结婚前两天约她出来,在野地里把她给干了。"我们竖起了耳朵等待他讲出进一步的细节,长途司机个个都是荤段子高手——洛珠罗桑除外,虽然据尚河说他实战经验丰富。

可是洛珠罗桑是个伤感的哥们,他想起达娃卓玛就情不自已,车都不想开了,把车匙一拧,说我发短信去了,就钻到车后座,把尚河搡到了驾驶座。

"达娃卓玛,你记得吗?但我记得……"这是一首老歌的歌词,我不知道洛珠罗桑给达娃卓玛发的短信是否包含这么一句,我和尚河都假装对洛珠罗桑的情事不再感兴趣,沉默地前进了一里地,洛珠罗桑的手机哼了一声。他一骨碌爬起来,双眼闪闪,"她说她也想我了,就在我梦见和她做爱的时候,她说她正好就在想我。"

洛珠罗桑陷入了忧伤，就像他前天一样，他开始嘟嘟囔囔。

洛珠罗桑和次仁则姆

前天，我和尚河寻找仓央嘉措情歌源头的计划才完成了一半，洛珠罗桑开车，我们从林芝赶回拉萨的路一路关卡重重、不断在限速。

在一个小关卡，我们又被拦住了，一个一直蹲在路旁的藏族姑娘向我们走过来，她对尚河说："大哥，能带我到拉萨吗？"尚河回头看看我，我点点头，她就坐上来，一个男人帮她把拉不上链的旅行包扔到后备箱然后走了，他们没有道别。

车子开了差不多一个小时，她才告诉我她叫次仁则姆。也许是第一次搭顺风车，她很警惕，不太和我们说话，我们一开始还逗她说话，后来也放弃了。她也许觉得不太好，就主动问尚河："你的头发是不是自然卷的？"尚河已经懒得理她，我说："你摸摸看"，她只微笑了一下。

窗子关不严，次仁则姆不断整理自己被风吹乱的头发，"汉语里这叫烦恼丝"，我也没话找话。

洛珠罗桑认定她是妓女，多番调戏，甚至忍不住用藏语问她多少钱干一回，次仁则姆铁青了脸不理他，甚至用脆生生的短句责备他。此后两人彼此生气，一直生到拉萨。

去往拉萨的路是那么漫长，长得车子里的黑暗有点暧昧，洛珠罗桑和尚河在前座一言不发，各怀鬼胎。次仁则姆陆续告诉我一点她的事，她是拉萨人，但到林芝工作。"你们住的酒店在八廓街？我家就在八廓街附近！"她没说是什么工作，当她留在车里，我们几个男人下车方便的时候，洛珠罗桑小声跟我说：次仁则姆肯定是在发廊工作的。

"现在想家了，所以就回家"，"拉萨多好啊，干嘛去林芝工作？"她不吱声。她的衣服和行李包都是廉价货，花了浓浓的妆，染了金发，洛珠罗桑因此认为她是发廊妹也不为奇。

次仁则姆的电话在不断收发短信，好不容易挨到雅鲁藏布江边那个叫"中流砥柱"的地方，洛珠罗桑和尚河下去买核桃，她管我借电话打回家，她叫电话里的人巴拉，声音就是一个小女儿的模样。

我说巴拉就是爸爸是吗，她点头。

她不停地看表，她的电子手表和我妻子在意大利读书时带的一样，鲜艳的橙色塑料，但是她的表盘裂了。

一路上都遇到限速，来西藏参观的领导车队还没有走完，我们就不能走快。本应该6点就能到拉萨的，8点、9点还到不了。去到米拉山口，不知何时下了一场薄雪，"噢——勒勒勒勒勒勒！"尚河扯尽了嗓子大叫，我们狂奔下车撒风马旗，一时不知道是雪雾还是风蒙死了我的眼睛，眼前一黑一亮，就像传说中的雪盲。

我每次拍照回来车上，次仁则姆都默默替我整理衣服和相机。薄雪中有牦牛营地，小姑娘们高兴地捧了酸奶出来卖，我买了几瓶，然后和她们合照。次仁则姆在车里看着——次仁则姆当年也有这样的童年吧——我把相机递给尚河，让他帮我和次仁拍一张合照,"哈,你看上人家啦?""没有,就留个纪念而已!"次仁和我的脸都红了,我知道这是高原常见的红色。

尚河问次仁则姆多大了,她只是竖两个手指,反复两下。暮色渐昏,次仁则姆忧心忡忡,我又借电话给她打回家。洛珠罗桑一语不发,开开停停。回到拉萨已经十点,次仁在路边下车自行打车回家,她只对我说谢谢,我说好好的生活啊,她没听见。

尚河和卡桑德拉

就在达娃卓玛给洛珠罗桑回第二条短信之后,洛珠罗桑就不见了。他说我去方便一下,下了车走进那些喜马拉雅山造山运动的苍老皱折之中,转眼就没有了踪影。

吉普的汽油已经耗尽,这是洛珠罗桑再接过尚河的方向盘之后的事,我们都不知道。暮色沉沉,奇怪的是原本热闹的省道至今一辆车都没有经过,借点汽油的想法泡汤,最后我们决定先这么耗着,实在不行才打电话回城里搬救兵。

尚河在西藏漂泊过几年,这点意外他不以为然。收拾到荒地上一些牦牛的干粪,他就在车边生起了火。火光勾勒出尚河的脸瘦削的轮廓,尚河是个帅哥,现在也快要当爹了,多了几条白发,像青崖上的月光。

"达娃卓玛把洛珠罗桑接走了,哈哈。"尚河和洛珠罗桑是多年的老友,当年尚河浪迹阿里的时候,饥寒交迫,正是洛珠罗桑一家收留了他。

"你见过达娃卓玛?"

"也许吧,西藏有一万个达娃卓玛。"的确,尚河给我讲过西藏的四个达娃卓玛、六条流浪狗和十个仁波切的故事。

"洛珠罗桑是幸福的,竟然还能梦见自己的达娃卓玛。

"我的初恋我从来没有梦见过,也许是不忍梦见,"尚河把牛粪拨走了一点,让火小一点,毕竟还有漫漫长夜要熬过去。

"她算不算我的初恋呢,在遇见她之前,我已经有过好几个女朋友,但她是我的初恋。

"在我抱着那条被藏獒咬得伤痕累累的老狗,倒在阿里唯一一家刀削面馆里面的时候,我幻见她,全身赤裸着坐在一大群刀客中间,可是这不是梦,刀客们摸她的乳房,拿匕首比划她的乳头,我攥紧了拳头,可是已经站不起来。

"我们认识的时候,我是一个流浪歌舞团滥竽充数的吉他手,每天喝得烂醉的时候用磁带代替弹奏;她是团里的台柱,小名若男,绰号卡桑德拉,本地小有名气的女歌手,也是团老板的情人。

"巡演的时候,我们住大通铺,她住标准间。有一天她传呼我:到我房间来。我去了,三天没出来,那时我的身子像金刚杵,越敲打越精神。

"很快团里的人都知道了,闲言闲语,尤其是那几个常常为我争风吃醋的小舞蹈员。巡演去到老板的故乡,一天演出到凌晨三点,她突然跑到后台乐手化妆间里把我拉了出来。

"你现在就走,马上离开这里!她把我的舌尖咬出了血,

然后往我手里塞了两千块钱。"

尚河一直低着头。"那是我们最后一次见面。"

"那是1999年。后来2001年，就是我和你认识的那一年，我突然接到她的传呼：'快来救我，我在株洲，若男'，留的电话打过去，却说没有她这个人。

"我一无所措，那时我住在最穷的画家村，找遍了邻居才借到几百块钱，买了当晚的火车站票，从北京赶到湖南。株洲只有脏脏的雪，我找遍了当地的夜总会，被人揍了许多次，但

都没有找到她。

"后来,我就去了阿里。和一条老狗一起,做了一年乞丐。后来,老狗和十几头藏獒打架,为了我被咬死了,洛珠罗桑和他哥哥把我从刀削面馆捡了回家。"

我想说点什么,尚河却站起来把火灭了,把余烬踢开铺了一张雨布在地上,"小木,你到车里睡,我睡这里就行了。"

高原的夜没有想象中那么静谧,一夜都听见小动物的叫唤。我在车里听前几天的录音,门巴族的白月措姆老太太,给我们唱门巴语的仓央嘉措情歌：

> 去年种的小苗，
> 今年已成秸束，
> 少年骤然衰老，
> 身比南弓还弯。

洛珠罗桑和达娃卓玛

我梦见洛珠罗桑穿上了他最浮夸的衣裳，挑了家里最好的一把长箭，他要去参加射箭比赛，还要在射箭之余唱歌，跳舞，跳的是跳了几千年的锅庄，唱的是唱了几百年的仓央嘉措。

达娃卓玛穿上了她最崭新的长裙，带上了最晶莹和温暖的玛瑙，她要去过林卡，在桑林里煮奶茶，还要唱歌，跳舞，跳的是跳了几千年的锅庄，唱的是唱了几百年的仓央嘉措。

洛珠罗桑和几十个少年比赛摔跤，洛珠罗桑和几个壮汉比赛搬石头，石头上面抹了酥油哩，洛珠罗桑把抹了酥油的大石头搬了一里地。

达娃卓玛偷偷把自己家的地图画在小纸片上，把小纸片塞在钢笔胆子里，把钢笔借给了洛珠罗桑。达娃卓玛回了家，就把自己的窗户拔开了栓子。

那一夜公社的马牛都离开了栏，飘到了云里，洛珠罗桑一步一丛洛桑花。

洛珠罗桑想对达娃卓玛说我爱你，但是他没说，他说他忘记了我爱你怎么说。

音儿和尚河

其实尚河和卡桑德拉的故事我听过，是2007年音儿告诉我的。2001年尚河接到卡桑德拉从株洲打来的电话，不但离开了北京，也毫无解释就跟音儿分了手。2002年音儿结了婚又离了婚，2007年的一个音乐节上我们重逢，暮色里她挽着我的手像旧情人，迷蒙远处依稀是吉他铮铮，我们漫无目的在嬉皮青年间瞎走，她跟我讲了卡桑德拉的故事。

在音儿的版本里，尚河再次见到了卡桑德拉，但不是在阿里的刀削面馆子里的幻觉，而是在冈仁波齐下面突然刮起的暴风雪里，当时尚河躲在一个朝圣者留下的小山洞中，怀中藏着三封遗书，其中一封在他脱险后寄给了音儿。

不要问我为什么迈不开步薄雪如刀抵住我的腰眼我不是1706年的马帮我是抢盐的强盗雪早已封死了洞口呼啸不已我听不到她渐渐解衫的声音渐渐的声音是夜雪的鬼舞

不要问我为什么烧了黑牦牛帐躲到这个洞穴冈仁波齐明净千年如一日双目炯炯而大雪如怒江裹走了我的老马我听不见她丁当散珠的清脆卡桑德拉就像雪女昼行吻杀了我的耳朵

一个月情人一个月万物枯萎你说过我前一世是喇嘛那么我的另一世就是雪中匪徒这些哭泣的雪雹是持明仓央嘉措手中的念珠她的皮袍温暖但血中的雪不能止住涓滴断续

大雪断绝大雪唱灭大雪握住了你的裸脚为它穿上湿透的僧靴为它纹上勒布的白蝶为它刻下无字书为它雕出笛子骨牵上我的老马牵上我的歧途旧雪如锈刀抵住我的腰眼不要问我为什么是你的雪

——音儿没有给我看尚河的遗书,而是把他的故事写成了一首歌,名叫《雪匪谣》。我知道那里面除了尚河的故事,还有仓央嘉措的故事哩。音儿那会儿痴迷仓央嘉措,否则也不会在雍和宫接受了那个自称宕桑旺波的歌手的求婚。但是仓央嘉措就是仓央嘉措,只是偶尔成为宕桑旺波,雪上面的脚印早已被几百年的一场又一场雪湮灭。音儿草率的婚事只有我一个人支持,音儿坚决的离婚也只有我一个人支持。离婚以后音儿也去了西藏,她依然痴迷仓央嘉措。

很多年后音儿成了著名的导演,关于她的现况,我和尚河碰面时说起,感觉比冈仁波齐山脚的暴风雪还要遥远。2001年我认识尚河的时候,尚河以为我也是音儿众多情人之一,我们本应该打架却成了哥们,直到火烧了尚河的吉他,我们抽光了赵老大从河北村子里带来的最后一点儿大麻,就都离开了北京。

十年没见,音儿没有再寻找仓央嘉措,我和尚河却为了这么一个艺术项目走到一块,在隆子县的某个山谷里躲避可能会出现的风雪,梦不见卡桑德拉,梦不见音儿,更不可能梦见达娃卓玛——洛珠罗桑这家伙做梦也有福!第二天早上我听见尚河在咒骂,我们步行了一个上午一个下午竟然走到了隆子县县城,带回了汽油和青稞酒,喂饱了北京吉普和伤心的胃。

仓央嘉措和仁增旺姆

洛珠罗桑失踪的日子里,他的哥哥唐白喇嘛来帮我们做司机。唐白喇嘛面相俊美,和洛珠罗桑长得压根不一样,我们想起洛珠罗桑,再看看唐白喇嘛,就琢磨为什么达娃卓玛不喜欢唐白喇嘛呢。但某天在酒店门口等待唐白喇嘛来接我们的时候,旁边的肉店在卸下半只血被冻凝了的牦牛,尚河对我说,音儿在拉萨的时候,喜欢的是唐白喇嘛。

你们寻找仓央嘉措,还不如寻找仁增旺姆。唐白喇嘛用他一贯优雅如旧藏贵族的语气和我们说。我们都知道仁增旺姆,拉萨木刻版《仓央嘉措的歌》里有这么一首:"在东山的高峰,云烟缭绕在山上,是不是仁增旺姆啊,又为我烧起神香!"可是仓央嘉措到底有没有和仁增旺姆相恋过呢?这是让拉萨的民间故事专家们挠破脑袋的难题。

唐白喇嘛会唱歌也会讲故事,在去浪卡子的路上,他给我们讲了我们没有听过的仁增旺姆的故事。

在错那宗贡巴子寺,有个长相清秀得像未生娘的小喇嘛,名叫洛桑仁钦。错那的姑娘只要看过他一眼,就三天不想喝酥油茶,把魂儿丢在了贡巴子寺的经幡下了。

那时候的洛桑仁钦,还不是后来的浪子宕桑旺波,他年方十五,不喝酒不唱歌,见到错那的姑娘对他一笑他就脸都红得跟僧袍似的。他就知道埋首念经,深得贡巴子寺大仁波切的赏识,但也让寺里的师兄们嫉妒得牙痒痒。

恰逢其时错那北面的琼结泽当附近有一个著名的朗赛林庄

园,那里的管事喇嘛据说被一个当地女子勾引跑到拉萨还是康巴地区去了。洛桑仁钦的几个大师兄一听说,拍着大肚皮笑道这回时机到了,赶紧去见仁波切,推荐洛桑仁钦去朗赛林当管事喇嘛。

"朗赛林的妖女猖獗,一般道行的喇嘛可把持不住,洛桑仁钦心中只有佛法,必然能降伏妖魔。"大师兄这么说,仁波切就没有办法,只好把洛桑仁钦送去了朗赛林。

(我们去过朗赛林庄园,一间被洗劫一空的千年老宅,空间设计非常复杂,巧妙的立体迷宫机构都甚可喜,除了地下那个兼做私人监狱的地牢。我们看着转着,不禁笑道这地主机关算尽太聪明,没料到还有比他算计更厉害的毛泽东。庄园的四面围墙被几十只鸽子占据,常常哗啦啦一下子从这面墙迁移到那面墙。洛珠罗桑顺了一个木头柱饰,认为可以沾染一些庄园主的福气。)

藏历四月十五,洛桑仁钦骑着大青骡子去到了朗赛林,没想到大师兄们早已写了一封羊皮密信给当地最有名的美女仁增旺姆,信里说如此这般你必须把洛桑仁钦勾引还俗,成事后送上藏银千两。仁增旺姆家里虽然贫穷,但使她答应大师兄的计谋的,却是传遍藏南地区的洛桑仁钦的美色。

洛桑仁钦来到朗赛林,庄园外面里三层外三层围满了琼结的姑娘,多少年后洛桑仁钦写过一句诗:"拉萨的人最熙熙攘攘,但琼结的人儿最漂亮。"但那时候他懵然不知。琼结的姑娘里长得最漂亮笑得最响亮的,就是仁增旺姆。俗语怎么说的来着?她往前走一步,抵得上一百匹骏马的价钱;往后退一步,抵得上一百头犏牛的价钱;露齿一笑,抵得上一百只绵羊的价钱。

仁增旺姆拦住洛桑仁钦的马头引诱过他,仁增旺姆在过望果节的时候引诱过他,洛桑仁钦的心一动不动。果真一动不动吗?多少年后洛桑仁钦写过一句诗:"默想喇嘛的面孔,不显现在心上;没想情人的容颜,却映在心中明朗。"但那时候他懵然不知。

冬天来临,洛桑仁钦索性入山洞闭关修行。但外面那个世界刮起了从未见过的暴风雪——尽管远处香加拉雪山明艳千年如一日。山洞被雪块掩埋,洛桑仁钦断食多天,已经在怀中写下了三封分别给母亲、朋友和情人的遗书。就在此时,仁增旺姆如拉姆仙女一样神奇地穿越风雪来到了他身边,"贡布少年的心情,像蜂儿圈在网里,和情人缠绵三日,又想起终极佛法。"三日之间,洞外面风雪消歇,竟然春暖花开,"杜鹃鸟来自门隅,带来了春天的地气。"洛桑仁钦握住了仁增旺姆的裸脚为它穿上湿透的僧靴为它纹上勒布的白蝶为它刻下无字书为它雕出笛子骨……

且慢,这不是尚河与卡桑德拉的故事吗?

这不是我的故事,这是唐白喇嘛你自己的故事吧?

得得得,这就是洛桑仁钦的故事,后来他离开了藏南到了浪卡子到了拉萨,成为了持明仓央嘉措。仁增旺姆是他的第一个情人,仓央嘉措后来还多次和她幽会哩。"拉萨的人最熙熙攘攘,但琼结的人儿最漂亮。来会我的幼年相识,她家就住在琼结。"写的不就是她吗。

洛珠罗桑和达娃卓玛

就像他突然离去,洛珠罗桑突然出现,终结了我的虚构。并没有唐白喇嘛,洛桑仁钦的故事也是我从《西藏民间故事选》里借来的……在拉萨的最后两天我大病一场,同时梦见了两者。而洛珠罗桑,梦中之梦,像宗角禄康的鲤鱼吐着泡泡站在我病床前。

他骤然老了二十岁,额角的纵横像南山的柴禾在烈日下爆裂。他开口说话,用的是一种我以前没有听他说过的文绉绉的语言。

是马,那匹老马带我走的!我在林中,霎那间天摇地动一般,狂飙骤起,昏昏然方位不辨。忽然,见风暴中有火光闪烁,仔细一看,却原来是一匹玄黄老马在前面行走,我尾随它而去,直到黎明时分,那马悄然隐去,风暴也停息下来,茫茫大地,只剩下黄岩皴结,然后就下起了雪。

静静地,能听见絮絮雪声之间有马的喘息声,间或有哭声。我寻声过去,浑白天地中有一小木楼,楼下是几匹老马依偎取暖,楼上有人在喝酒哭闹,刀剑相撞,环佩粉碎。我从二楼的木板间隙向上窥望,看见达娃卓玛被捆绑在酒鬼们中间。

我看见她全身赤裸着坐在一大群刀客中间,刀客们摸她的乳房,拿匕首比划她的乳头,我攥紧了拳头,可是已经站不起来。

蓬然一声,一匹老马倒在雪堆上死去,那正是带我来这里的那匹黄马,雪珠在它的鬃毛上早已硬如玛瑙。我从我的黄色氆氇衫中取出日增·戴达岭巴所赠的古降魔橛,敲击那玛瑙,竟然敲出了火花。

我脱下我的博朵帽扔进火花中点着了，我把我的红色氆氇大袍也脱下来，马群中燃起了熊熊大火，老马们的缰绳被烧断，嘶叫着在雪地奔逃。木楼的支柱一根根的折，火势一发不可收拾，楼上的宴席和人群轰然倒塌，在大火中焚为乌有。

我的黄色氆氇衫也被烟火熏得污黑褴褛，我挣扎于这些扭曲的恶灵之中彷佛自己也已经成为马贼刀客的一员，却是那从未拥抱过达娃卓玛的一个最丑陋者。烈火熄灭后，余烬犹在雪中明灭，我抱着雪地上一件达娃卓玛的玄青裙子泣不成声。

这时我幻见多吉帕姆女仁波切的金刚亥母之原型，暗黑的巨大母猪刚毛直竖，在大雪中独行，她身上的火焰全部凝结成冰凌，六出飞花围绕着她旋转，渐渐编织了一个化城的模样。

我真想牵化城中一头青鬃狮子出来，因为它就是尚河你上一世的化身。

洛珠罗桑，我不是米拉日巴，你更不是仓央嘉措。

达娃卓玛我想说我爱你但是我没有。

洛珠罗桑没有再为我们开车。可是我总记得2012年的夏天，洛珠罗桑稳稳地把车开过了香加拉山口，我们停下来眺望拿日雍错。海拔五千多米上无遮无拦，我们的脸上身体上冲刺着古老的喜马拉雅山的烈风，我跌跌撞撞爬上最高的一个玛尼堆，无数残破哈达交织的天空下，满身波光琳琅的拿日雍错仿佛1706年的青海湖，远远张开双手要将我接纳。

本故事纯属虚构
2012.12.28.完稿

诗歌 另一个

迷失菩提谣

一

吉日巷深处有雪，木如寺大院
的孩子们不知道。
不知道就不知道，我的伤足
裹不上水做的僧靴。

那个人在云中打茶，抚椠，
我记得那面容清澈胜光，
我记得须弥翻滚时，
你收拾坛城不遗漏一点微尘。

2012.7.7.扎西曲塔酒店

二

燕游夜归的人不要在凌晨打门了，
那个金刚力掌门的已经死了。
杜鹃化身的人不要再吹口哨了，
变戏法的姑娘早已嫁人。

咚咚咚咚的是谁焦急的脚步啊？
是谁把米拉日巴的泉水一口喝尽？
是谁说她的辫稍沾酒沉重？
那沾了酒的喇嘛此刻裸肩香浓。

2012.7.8.扎西曲塔酒店

三

虽不曾上去过楚布寺

谁没见过冲赛康的鸽子飞?

虽不曾离开过罗布尔卡

谁没听过夜哭的鬼。

我把歌声一减再减

还是打扰了山神的午睡,

受伤的鱼载我渡过漆黑拉萨河

叮咚作响的只有冰冻的耳垂。

2012.7.9.扎西曲塔酒店

四

锈枪如星促我过山岭,

洗过的手就不好再结旧手印。

两只山羊一只是冬蜜一只是苦心,

两个情人一个是火一个石头浪中转。

好世界,既娑婆,便堪忍。

听不懂的歌我愿意再唱一遍:

这把刀子我留下了,连同刀上雪;

这片海我带走了,不带走水中经。

2012.7.10.林芝八一镇

五

仓央嘉措不认识搭便车的曲珍,
曲珍也不认识仓央嘉措,
但曲珍认得司机洛珠罗桑的阿里口音,
就像新雪认得宕桑旺波的脚印。

洛珠罗桑啊,这杯酒就让我替你喝吧,
曲珍,318国道通不往爸拉的家!
贡布的鹦鹉你替我看着,
米拉山口的雪下了不止一夜。

2012.7.12.吉曲酒店

六

悔心人翻过了米拉山口,
髻花的弃妇还在拉萨看云。
黑牦牛帐篷里睡着白珍珠呢,
打马的人梦见的并不是你我。

洛珠罗桑的头发还是青青莲叶,
曲珍的头发已经被过路客染黄。
这个汉人喇嘛真不会念经,
云缀满了金珠就变成了拉萨的星星。

2012.7.12.吉曲酒店

七

甘丹寺的天梯七七四十九绕,

布达拉的夜路九九八十一回,

我的菩提心不绕也不回,

像那盐湖平静,像那盐湖苦涩。

七七四十九绕也摸不到天啊,

九九八十一回也回不到拉萨。

脱光了的心在雪中跑步,

百千空行也不如它明艳。

八

没家的人,去山南,

没庙的喇嘛,在落山风中挂单。

琼结姑娘在别的工地唱别的歌了,

仁增旺姆你别再对我笑。

没家的人,去泽当,

没头脑的骤雨,在昌珠寺游方。

成都姑娘半夜的招客电话多悲伤,

需要按摩的是头疼的金刚。

2012.7.14.泽当邮政酒店

九

拉萨地方宕桑旺波最漂亮,

我和德吉都这么认为;

琼结地方姑娘都漂亮,

宕桑旺波和宋雨喆是这么唱。

错那地方仁增旺姆最漂亮,

洛珠罗桑一个人说了算;

林芝地方央吉玛的妈妈最漂亮,

我们所有人都这么想!

2012.7.17.贡嘎

十

门隅的姑娘是峡谷流水,

向北向南捎着六声杜鹃;

门隅的男子是水中伤雷,

向东向西不懂再回头。

门巴司机巴珠摸黑攀雨,

送来了拉萨的浪子和啤酒。

小巴珠不是仓央嘉措,

不知道酒醉的官兵已守在门口。

2012.7.17.吉曲饭店

十一

我下"雪"偷情,

雪偷走我的脚印。

我下山偷马,

雪中伤毙的是我的强盗前生。

群山押解,群山哑嗓,

群山挥洒亿万碎银。

你买得去我的拉萨酒坊,

买不去我的卖酒情人。

2012.7.17.贡嘎

十二

高高的雪峰在家吗?

玉鬃的雪狮来探望你。

玉鬃的雪狮不回家了吗?

不度亡仁波切我要走了。

门巴的少年远走了,

楚布的少年远走了,

不忍听雪是宗角禄康的夜歌,

不忍看拉萨河是扯碎的哈达。

2012.7.17.拉萨至成都飞机上

诗歌·另一个 迷失菩提谣

另一个仓央嘉措（组诗）

门巴谣

门巴阿妈的名字
能记下来就记下来吧
记不下来的,就像老鹰翅膀下的松果
飞到山岭上,飞到公路边,飞到溪谷水流中了

老阿妈给你喝的青稞酒
能干多少杯就都干了吧
喝不尽的,就像勒布沟的日夜
变成苍绿色,变成碧蓝色,变成错那宗的胖彩虹了

仓央嘉措让你写的诗
耗尽你的气血也要写好啊
写不好的,就让它们像那些赶路的姑娘
一会儿笑,一会儿唱,一会儿就去爱上那些浪荡的男儿吧

注:
门巴指生活在西藏南部的人,仓央嘉措就是门巴人。
勒布沟是目前国内门巴人最南端的聚居地。
勒布沟属于错那县,古称错那宗。

1695年,贡巴子寺

原来我就是你收拾坛城时
不遗漏的那点微尘。

原来大地金黄河流泻银
是因为你在俯瞰。
无论是你十二岁的眼睛
还是风在游荡的纵目,
你总是带上我像蜀葵带上玉蜂。
于是我也斜扛起破碎山岭
像一个喝醉的男孩,
像你侧睡牛腹过冬
像1695年一场无罪之雪。

像1695年一场无罪之雪,
葵晔寂寞动摇这破碎山岭
多少年后谁南行寄锡
在此猝梦自己的前生?
一盏灯熄灭了过往足印,
一个沙弥抚摸自己新剃的青青岗顶,
山神也出来抚摸
我们脆弱如金刚杵的头颅。
一盏灯重点起错那金银
旧寒初春,他就是264年前的他
重新在世界的边缘绘画第一座坛城。

注:

坛城即曼荼罗。

山南行路谣

走在山的胡须中时
我们都是山神
高呼感谢波拉爷爷山的时候
我在感谢自己:
"你自在、沉着、舒展丛林
就像那些拥有幽蓝色

怀抱的大山一样。"

"走出芒芒有五条路,
进来的路却只有一条。"
你在山的胡须中辨认自己的命运
山也在你的掌纹中辨认山的命运;
一个北上者与一个南下者重逢
他们唤出了彼此的乳名,

在马牛回首的时刻。

在沙子河水中分流的时刻,
在大雪集结出阵的时刻,
在柳叶浮沉指路的时刻,
在六星换岗的时刻,
小狼忘记了它的情人
在山神的衣褶间睡着
梦见牦牛毛蒙眼的少年人。

"感谢波拉爷爷山,
我的心脏在过小小的雪顿节,
那些梦游的藏兵都戴上了面具
那些严峻的草木都跳舞了。"
走出悲伤有五条路,
进来的路却只有一条,
春雪填平四方沟壑。

注:
波拉山,是从错那县城到勒布沟的必经之路,险峻,至今未修好公路。
走出芒芒有五条路,进来的路却只有一条。出自李江琳著《1959:拉萨!》,芒芒村现称麻玛乡,门巴人聚居地。
雪顿节,即酸奶节。藏人最大节日之一。

1702年,退戒吟

雷声滚滚的日喀则,
鹿腹下雨的扎什伦布。
竭力讲解虚空的导游,
被判哑巴的歌手。
昨夜墨眉双目暗星的姐姐
我来奉还我的耳朵。

我来奉还并不存在的版图,
奉还河底深刀,嚼雪的强盗,
并未戮破的一张汉脸
但是我也要奉还。
画眉鸣春的达旺,
鹦鹉终老的工布。

湿石画火之戒,喝星之戒。
麻叶返雀戒,冷柱隐字戒。
多少业,多少。
无地可以三顿首
就让世界三千大千世界
在一只命命鸟的翅膀上飘摇。

注:
1702年,六世达赖仓央嘉措来到他的老师五世班禅的驻锡地;日喀则

诗歌·另一个 另一个仓央嘉措（组诗）

的扎什伦布寺，向老师提出退戒还俗，班禅未许。

达旺，仓央嘉措出生地，现在被印度占领。贡布，即现在林芝地区，相传仓央嘉措有一位情人是贡布人。

1703年，仓央嘉措梦见仁增旺姆

梦见她的时候
我宁愿我是宕桑旺波

有一双世俗的手抱起那世俗身体。
当她醉如萎谢的大蜀葵
黑裙如桑烟裹她
倒卧在我的密修房门前。
我的双手掬起，雨水里的雨水。

是雨水不能洗去的雨水
肉体销磨不了的肉体。

我与她未曾谋面
也知道她是仁增旺姆——
曾经在琼结为我煨桑,
在上一世为布达拉宫打阿嘎唱歌,
并在来世借给我翅膀让我飞回,
但此世,是黑夜隐藏了的黑夜
肉体舔融了的肉体。

梦见她的时候
我知道山南道上下起了大雪
而她在喜马拉雅山的阴影下赶路
路过了寂静如死神的风马、雷牛
然后被我梦见。
她的乳头比唐卡里低一分
乳房热而轻;
她的羞赧比青稞淡一点
早晨的腰有黄昏的瘦。

晨光金黄如箭,
一夜少年秉着南弓寻虎。
当我骤然醒来我好像还在贡巴子寺
眺望九曲河流茫然映出九个太阳。
我和仁增旺姆必须错过,
就像错那的雨水

必须解开落地的花蛇结；
就像拉萨的鸟和石头
终将抛散在须弥的两边。

注：
仁增旺姆，出现在仓央嘉措诗里一位少女的名字，相传是他的一位情人，也有说法是他俩压根未曾谋面。
宕桑旺波，仓央嘉措晚上微服冶游时的化名。
南弓，门巴地区出产的竹子做的大弓。

1706年，拉萨

去错那的车开了停了，
门隅的布谷鸟为什么叫吉吉布赤？
流经桑耶的河水浊了清了，
琼结的画眉鸟为什么叫做索南贝宗？

今夜，你应该和我一起在拉萨，
被雨把肉身打碎，
把宝石头盔掷入八廓街的泥泞，
然后我们重新做鸟国的国王和王后。

最后一根嫩枝从闪电中伸出
环抱我们如喜马拉雅山的两臂；
今夜，你应该和我一起在哲蚌，

诗歌·另一个 另一个仓央嘉措（组诗）

听水转经筒里群星的琤淙。

明早我们同行转世之路,
青春如昨日,悄然对答:
门隅的布谷鸟为什么叫吉吉布赤?
琼结的画眉鸟为什么叫做索南贝宗?

注:

吉吉布赤和索南贝宗,仓央嘉措给他的鸟儿取的名字,有说是隐喻他的两个情人。

2013.7.5 – 7.24

魂摄后记

廖伟棠

1.

莫道不摄魂,魂摄了我。

在西藏就是这样,从第一次去背着三台相机左右开弓,数码相机又拍又录影,惟恐错过什么惊艳影像;到第二次几乎只用传统底片相机,在凝定时刻才按下快门;第三次去就更为节制,手指放在快门上,常常忘记按下,只在心中默记那不能被打破的一个完整的时空。

因为你面前的,都是有灵魂的众生,灵魂屏息,需要你的尊重。

当然,我无时无刻不忘记尊重我的被摄者。我总是面带微笑,目光寻求被同意,然后静静地不打扰对象按下快门,如果被摄者有半点不高兴,我马上停止拍摄,已经拍摄下来的我也不会公开。在世界的任何地方我都这样,但在西藏我更加注意这一点,尤其对那些朝圣者,朝圣者的心不在这个现世,更不应该被打扰。

2.

所以重回西藏时，我特意带上了徕卡相机。M6旁轴胶片机，黑色，挂在胸前一般人不认识，只道是寻常傻瓜。但它以其极其低调帮助我克服了一个摄影者在被摄者之前的原罪感，没有卡啪快门声，没有刷刷过片声，没有滋滋自动对焦声，更没有大炮一般长镜头咄咄逼人像打猎一样，它只是温柔地张望，轻盈地摄取，希望没人觉得被侵犯。

我先后拥有过两台徕卡相机，第一个组合是徕卡 M6 TTL加M50/1.4镜头，徕卡的性能基本是全手动的，这带来两个好处：1，快门极其静谧，2，因为非自动需要预估光圈及景深，拍摄时反而就不用怎麼对焦了。后来我把它暂时卖掉，直到前年才买回另一套徕卡 M6加M35/3.5老镜头，只拍黑白，1950年代的单层镀膜镜头处理黑白拥有非常宽的灰阶，典雅细腻。徕卡还有一个神秘的特点，就是它宽大明亮的取景窗令你对世界有一种崭新的敏感，吸引你随时按下快门，最后得到的结果往往不负所望——因为它的快门反应也是最灵敏的，你看到的瞬间就是你得到的瞬间。

对於男人，好相机更像知己而不像情人，是可以互相理解甚至并肩作战的，而且，这出自传统工艺和美学理念的它，绝对不会在关键时刻背叛你。这次在西藏，我用的是一个M35/2的ASPH非球面镜镜头，非常锐利和充满立体感。比如我用它拍摄八廓街的顽童们，在阴暗的巷子深处也能保持高速快门和饱和的反差，关键是他们都不知道我的拍摄，只道我是在和他们一起舞蹈——或者一起进入静默的神秘境地，就像那个端正宝剑

的男孩,我们一起演出一幕格萨尔。

3.

但这本书里的摄影,主力是哈苏XPAN宽幅相机。非16比9的比例不能面对西藏的辽阔和寥廓,非黑白不能致敬这些无邪的精神、被时光镌刻的肉身。

十年前清贫,第一次卖掉徕卡,是为了买FUJI TX-1相机,它是富士与哈苏合作的,XPAN的日本版本,有一个桃花心木做的手柄，握之温暖仿佛回到十九世纪木头相机时代。我正好用它拍摄那个仿佛还留在十九世纪的老巴黎，我有一本摄影集《巴黎无题剧照》，有一半以上的照片都是用它拍的，宽幅加上黑白，营造出欧洲老电影剧照的效果。这台相机后来在广州被偷了，让我难过了许久，一直想找回这个桃花心木手柄版本却未果，最后只好买了它的欧洲版本，全黑色的HASSELBLAD XPAN，我的西藏照片多用它拍摄，那是另一种电影感。

拍摄西藏，有几位非常值得尊敬的前辈，孙明经和庄学本是高山仰止的两个名字。孙明经是中国纪录片的先行者，北京电影学院的创始人之一，我看过他许多拍摄西南地区人与地的照片，但最想看到的是他在三十年代拍摄的纪录片《西康》，因为看不到，所以我用我酷肖电影摄影机的XPAN去模拟那些沉默的黑白镜头。依旧是无题剧照，但无题者，最是有情，我希望我的摄影是有情的，即使是面对仿佛生存在另一个星球的人，他们遥远但并不陌生。诗的内部张力，与摄影的内部张力的对话，也是因为这种电影感，越是分离，想像的空间越是宽广。

4.

初识庄学本，是在老《良友画报》里，我最喜欢的一期1940年9月的"新西康专号"，封面是庄学本拍摄的彝族少女在阳光中捻线微笑的上色照片，有别于良友一般的明星时尚女郎封面，这个纯真少女即使敷上了摩登时代的艳色，也依然是大山深处鸟鸣越江的那样一声潋滟。

"新西康专号"除了封面这张彝族少女，内容也基本由庄学本拍摄的西康地区纪实摄影组成。彼时西康建省，征求各种专业人才，庄学本即受聘任职西康建省委员会、后西康省政府，从事民族考察——实际上是进行了中国史上第一次由华人主导的大规模田野考察，也是第一次大规模的人类学纪实摄影实践。庄学本出生入死、乔装打扮进入多个尚未为外界了解的边陲部落，拍摄了一大批精美有灵气的照片。

庄学本的照片总有一种特殊的魅力，就如本雅明所言，那是灵光乍现的时代的摄影艺术，在他冷静的镜头中那些端详他这个外来者的人们，眉宇嘴角都是纯真，所谓的未启蒙部落之人，却明显拥有熠熠明丽胜于城里所谓文明人的灵光——摄影术保存下了这灵光但未曾将其"启蒙"破坏，那就是庄学本的神奇，兴许是他自己的眼神亦有同样的灵光，所以被摄者未感被侵犯。

那本良友画报，我最记得的一张是：一对藏族情侣在草地上依偎细语，庄学本的角度就像充满向往又充满怜惜地眷顾着他们。这爱情远离了同时中原的战乱、文明的杀戮，宝贵得教摄影者和观看者都屏住了呼吸。

5.

这一幕，难道不是仓央嘉措诗歌的最佳插图？这也是我在这本书里力求通过文字：翻译、诗作和小说来重现的灵光。此中有真意，欲辩已忘言，因此最好的诗都不辩，而即使不辩，亦容易落入言诠。最佳的照片如音乐，是不落言诠的。庄学本另一张我极爱的照片，是一个用口弦弹奏音乐的理番藏族小女

魂摄后记

孩（见上图）。他自注如下：

"1934年摄于四川理番 禄莱相机

阿坝理番藏族，讲嘉戎话。这个嘉戎贵族少女，以红珊瑚珠盘成头饰，身穿花衣，腰缠花带，耳带珊瑚银环，为当时贵族盛行的一种装束。图中少女正在吹口弦，奏时用线扯动竹簧，发声清越为竹制口琴也。"

小姑娘在庄学本的镜头前从容、含笑，镜头前后全是敞亮，稍稍模糊的，是两人的呼吸，人间的温度。禄莱相机的美德在此尽现——双镜头反光相机，是需要你低头取景，向被摄者鞠躬的，而它的物镜在你的腰间，恰恰与一个孩子的高度平行。

拍摄孩子，不只是技术难度，更是心理难度，你如何放低身段，在心理上也和一个孩子平等，如何去看他那更贴近大地高度的世界？其实面对西南地区这些纯朴的边民也跟面对孩子一样，不是你要去迁就他，恰恰相反，你需要的是去追慕他的高度——他们的生活水平、科技知识也许不如你，但他们心灵深邃的信仰高空，却是你无法想像的。

1934年的一张照片，快80年了。这个嘉戎少女，如果她还活着，就像我拍摄的珞巴老人雅夏，老得不知岁月了吧？这双眼睛曾经见过庄学本、见过那个未经污染的世界——容许我模仿罗兰.巴尔特感慨一番。摄影建筑了这个悲伤的时间的悖论：她的曾在，在证实着她的不在。诗将在这个悖论上面建筑：去哀悼她的缺席吧，你的哀悼使她再次在场。

一呼一吸间，我们按下快门，我们存在。

附录：六世达赖仓央嘉措年谱

- 崇德7年 1642年 五世达赖罗桑嘉措成为全藏政教领袖，年25岁。
- 顺治9年 1652年 五世达赖率3000人入北京会见顺治帝。
- 1653 桑结加措出世，后任第司。
- 康熙21年 1682年 五世达赖死，第司桑结加措秘不发丧12年。
- 康熙22年 1683年 仓央嘉措1683年3月1日生于山南错那门隅，有七日同升、黄柱照耀异象，为莲花生转世，12世纪秘典《神鬼遗教》有所预言。属门巴族，为家中长子，父母信仰红教，即宁玛派。
- 1684年 2岁，被第司秘置当地，开始在巴桑寺学经。
- 1689年 6岁，父亲去世，受舅父与姑母歧视，随母迁到达旺附近的乌坚凌。
- 1696年 14岁，公开仓央嘉措活佛身份。康熙征噶尔丹。
- 1697年 15岁，第司奏清廷五世达赖已死。9月17日，迎至聂塘的浪卡子从五世班禅洛桑益西受戒，法号梵音海，10月25日入布达拉宫坐床，成为黄教（格鲁派）法王。坐床后刻苦学经三年。
- 1701年 拉藏汗等蒙古部落首领不承认六世达赖。
- 1702年 20岁，在日喀则游荡，在扎什伦布寺向五世班禅要求还沙弥戒返俗，之前已表示拒受比丘戒。
- 1703年 康熙派钦差去拉萨查验六世法体。
- 1705年 23岁，第司被拉藏汗所杀，众僧辩护六世达赖是"迷失菩提"、"游戏三昧"。
- 1706年 24岁，5月17日被押北上，经哲蚌寺被众僧救出，蒙古军围攻哲蚌寺，仓央嘉措为免无辜伤亡自愿离寺再次被执。在青海湖下落不明。传闻病故，或被杀，亦有说被偷押去五台山观音洞。

以下事据弟子阿旺伦珠达吉著《秘传》

- 1707年 拉藏汗的私生子益西嘉措被立为六世达赖。
- 1708年 26岁，7月，理塘灵童格桑嘉措出世。仓央嘉措游康定，在峨眉山游十数日，康区瘟疫发作，染上天花。
- 1709年 经理塘，巴塘秘密回拉萨，返山南地区。
- 1711年 在达孜被囚，后逃脱。
- 1712年 30岁，游尼泊尔加德满都，瞻仰自在天男根。10月，随国王去印度朝圣。
- 1713年 游印度。4月，登灵鹫山。遇白象。
- 1714年 32岁，在山南朗县的塔布寺，人称塔布大师。年初，格桑嘉措被转移到康北的德格，随后，据康熙帝之令送至西宁附近的塔尔寺。
- 1715年 再次秘密返拉萨。格桑嘉措在理塘寺出家。
- 1716年 34岁，春，率拉萨木鹿寺16僧人至阿拉善旗。
- 1717年 35岁，拉藏汗被准噶尔军队所杀，伪六世达赖被囚药王山寺内，7年后死。春，六世达赖喇嘛同12名从侍人员前往定远营（现巴彦浩特）晋见阿拉善王阿宝老爷和道格其公主，获准修建昭化寺。中秋，仓央嘉措随道格甚公主入京半年，驻锡什刹海阿拉善王府，游黄寺，皇宫，在雍和宫观益西嘉措所献的檀香木大佛。在德胜门见桑结加措子女被押送到京。

- 1718年 春，回阿拉善。
- 1719年 清朝平定准噶尔，正式承认格桑嘉措为六世达赖（后依藏例改称七世）。
- 1720年 9月15日，理塘灵童格桑嘉措坐床为达赖，拉萨十余万人膜拜。
- 1721年 龙王潭公园立康熙帝《平定西藏碑》。
- 1723年 青海丹增亲王叛乱，康熙帝派川陕总督年羹尧平叛，塔布寺遭焚。
- 雍正5年1727年 45岁，重建塔布寺（即石门寺）。
- 1730年 在兰州，为岳钟祺征准葛尔大军祝祷，作法七日。
- 1733年 夏季，破土动工修昭化寺。
- 1735年 自筹一万两纹银，派弟子阿旺伦珠达吉去藏区随班禅学经。
- 乾隆元年1736年 自阿拉善迁青海湖摁尖勒，居9年。
- 1737年 五世班禅洛桑益西圆寂。
- 1738年 秋，阿旺伦珠达吉精通经文所有论理，返回阿拉善。
- 1739年 昭化寺举行了规模宏大的祝愿法会，迎请仓央嘉措就坐于八狮法座，主持法事五昼夜。
- 1743年 61岁，塔布寺建成，历时16年。
- 1745年 自青海湖摁尖勒回阿拉善，10月底，染病。
- 1746年 5月8日，在阿拉善旗承庆寺坐化，年64岁。
- 1747年 六世肉身被移到昭化寺高尔拉木湖水边立塔供奉。
- 1751年 清朝下令由格桑嘉措掌管西藏地方政权。政教合一政权开始。

- 1756年 开始建造广宗寺(南寺),并将昭化寺全盘搬至现广宗寺寺址。
- 1757年 弟子阿旺伦珠达吉写成《秘传》,七世达赖圆寂。贺兰山中广宗寺(南寺)建成。寺里供六世达赖肉身塔,至1966年尚存。
- 1760年 清廷为南寺赐名"广宗寺"。
- 1779年 六世班禅自西藏去热河贺乾隆70大寿,11月病死于北京。
- 1783年 乾隆帝封强白嘉措为八世达赖。
- 1908年 十三世达赖喇嘛图旦嘉措入京,瞻仰五台山观音洞。
- 1930年 于道泉汉英译本出版。
- 1938年 曾缄创作《布达拉宫辞》。
- 1981年 民族出版社出版庄晶译《仓央嘉措情歌及秘传》。南寺僧人在原寺址举行夏季祈愿法会,把精心收藏的六世达赖骨灰重新造塔供奉。
- 1982年 西藏人民出版社出版《仓央嘉措及其情歌研究》。
- 1999年 中国藏学出版社出版《情天一喇嘛》。

文章来源:仓央嘉措纪念馆,据《仓央嘉措及其情歌研究》修订。